KB114714

의원귀환 滿員當選

FANTASTIC ORIENTAL HEROES

성상영 新무협 판타지 소설

의원귀환 10

성상영 新무협 판타지 소설

초판 1쇄 찍은 날 § 2016년 7월 26일
초판 1쇄 펴낸 날 § 2016년 8월 2일

지은이 § 성상영
펴낸이 § 서경석

편집책임 § 이창진

펴낸곳 § 도서출판 청어람
등록번호 § 제387-1999-000006호
등록일자 § 1999. 5. 31
어람번호 § 제2-2672호

주소 § 경기도 부천시 원미구 부일로 483번길 40 서경B/D 3F (우) 420-822
전화 § 032-656-4452 팩스 § 032-656-4453
http://www.chungeoram.com
E-mail § chungeorambook@daum.net

ISBN 979-11-04-90908-5 04810
ISBN 979-11-5681-904-2 (세트)

성상영 新무협 판타지 소설

10
[완결]

의원귀환

滿員偸選

FANTASTIC ORIENTAL HEROES

도서출판
청어람

第一章

고민

삶은 투쟁이다.
때문에 그 과정에서 무수히 많은
고민이 생겨난다.
그 고민을 어찌 해결하는가에 따라
삶은 달라진다.
나락으로 떨어질 수도 있으며,
천국에 오를 수도 있다.

하나의 생각

의원귀환

무공이란 무엇인가?

이에 대한 답은 사실 간단하다.

바로 싸우기 위한 공부라는 것이다.

무공이라는 단어 자체가 그런 의미를 지니고 있었다.

무의 공부.

무란 싸우는 기술, 혹은 그 정신을 뜻하니 무공의 뜻은 사실상 명확한 것이 아니겠는가?

그렇다면 무공은 어떤 것인가?

무의 공부라는 것은 대체 뭔가?

우선은 육체의 단련이 있다.

사람의 육신은 내버려 두면 나태해지고, 풀어지며, 방만해진다.

면역력은 떨어지고, 근육이 줄어든다.

지방을 축적해서 움직임이 느려지며, 감각은 녹슨 철붙이처럼 되어버리는 것이다.

그 육신에 지속적인 자극을 주어 더 뛰어난 상태로 만드는 것.

그것이 바로 육체의 단련이었다.

그 단련을 통해 육신을 만들어내면, 그것만으로도 단련을 하지 않은 이를 뛰어넘을 수가 있었다.

그다음은 뭘까?

기술이다.

육신이 뛰어나다고 해도, 그 육신을 제대로 사용하지 못하면 그것은 나약한 것이다.

동등한 신체적 능력을 가진 이들이 있다.

한쪽은 권법을 배웠고, 다른 쪽은 아무것도 익힌 게 없다.

싸운다면?

권법을 배운 이가 이긴다.

그리고 상대를 죽일 것이다.

단지 손발과 몸을 움직이는 권법의 문제만이 아니다.

사람의 육신에 있는 약점들을 아는 것도 중요했다.

사람의 몸이 어떻게 움직이는지 배우는 것도 중요하다.

그런 것들을 모두 하나로 묶으면 무엇이 될까?

무리(武理)라는 게 된다.

그것이 바로 무공을 통괄하는 것.

무의 이치.

싸움에 대한 모든 지식.

그런데 이상한 게 있다.

무공은 기본적으로 육신으로 시작하고, 천지만물을 이루는 기를 육신을 이용해 가공한다.

그런데 어느 순간이 오면, 정신적인 영역이 이 무공을 끌어올리게 되는 것이다.

대부분의 신공절학들은 현경에 오르는 것을 목표로 한다.

그 이후의 경지가 있다고 하지만, 전설과도 같은 것.

사실 현경에 이른 존재조차도 거의 없으니 현경이야말로 현실적인 무공의 극의라고 할 만했다.

그런데 현경에 이르는 열쇠는 기술이 아니다.

정신이었다.

어떤 정신적 해탈을 통해서 의지의 힘을 다루기 시작해야만 현경에 이르는 것이다.

이상하지 않은가?

무공의 시작과 근본은 육체와 기술에 있는데, 그 극의를 얻기 위해서는 정신적인 성장이 있어야 하다니?

장호는 남방의 독선을 만난 이후로 이 화두에 대해서 고민해 왔다.

생존 본능을 통해 생육선의 초입에 이른 후에 더 강해지기 위해서 어떻게 해야 하는가를 생각하다가 도달하게 된 질문인 것이다.

무의 극의란 무엇인가?

무의 본질은 싸움.

그렇다면, 싸움에서 이기기 위해서 정신적 성장까지 이루어야 하는가?

남방의 독선은 현경에 이르지 않으면 심독에서 벗어날 수 없을 것이라고 말하였었다.

그러나 지금 보면 다르다.

결국 현경에 이르지 않았음에도 장호는 심독을 이겨냈다.

이제는 심독을 쓴다 해도 장호를 죽일 수 없을 것이다.

장호의 육신이 내성을 가졌으니까.

하지만, 여전히 이긴다고 보장할 수 없다.

그러니 강해져야 했다.

더욱더.

그래서 이런 여러 고민을 하는 것이다.

다만 장호는 정신적인 성장에 대해서는 그리 아는 바가 없었다.

태양신공과 도가비상현천공을 익혔지만, 그 수준은 사실 십성에서 멈춘 상태였다.

도가비상현천공으로 상단전을 열었고, 그 상태에서 육신이 계속 단련되고 있기는 하다.

하지만 그뿐.

뭔가 극적으로 강해진 것은 아니다.

이른바 깨달음을 통한 탈각을 이루지 못한 것.

그래서 장호는 계속 고민하는 것이다.

물론 고민과 별개로 육신의 단련은 계속해서 하고 있는 중이기도 했다.

바로 자기 자신의 몸을 자신이 공격하는 것!

도가비상현천공을 익힌 장호는 상단전을 통해서 천지교태를 이루었다.

천지자연의 기운을 어마어마한 속도로 흡수하여 내공을 쌓는 것이 가능해진 상태.

때문에 장호는 그걸 이용해서, 천지자연의 기운으로 육신에 강력한 압력을 가하고 있는 중이었다.

장호의 육신은 압력을 받으면 받을수록 강력해진다.

초월적인 인내력과 노력, 그리고 단련으로 만근거력을 손에 넣은 것도 그렇게 된 것이 아닌가?

생육선의 경지에 이르고, 육체는 이미 생명체 중에서는 최강이라고 부를 만한 수준에 이르러 있었다.

단순한 근육의 힘이 그런 것.

지금 그런 육체에 더더욱 강한 압력을 계속해서 걸어놓고 있었다.

그리고 그에 대항해 육체가 더 강인하게 변모하는 중이고.

그런 수련을 하면서도 장호는 계속 고민 중이었다.

어찌하면 현경의 단계에 들어갈 수 있을까?

지금 장호가 현경의 영역에 진입하면, 황밀교의 사대호법이라는 자들도 이길 수 있을 텐데.

장호는 그렇게 생각하며 천천히 눈을 떴다.

빤히.

그것은 옥을 깎아 만든 듯한 예쁜 눈동자였다.

그 눈동자는 아름다운 눈매 안에 자리하고서 장호를 빤히 바라보고 있다.

그냥 보는 것도 아니다.

지극히 가까운 거리에서 그녀의 눈동자는 장호를 보고 있던 중이었다.

얼마나 가깝냐고?

완전 코앞.

"여기서도 수련하는 거야?"

"수련은 늘 해야지. 말했잖아. 황밀교에는 현경에 도달한 이가 있다고."

"현경이라……. 얼마나 강해?"

그녀가 고개를 다시 물리며 자신의 자리에 가 앉았다.

"심독을 쓰더라고."

"그 독선이라는 놈이 생각만 해도 중독당해?"

의문이 서린 그녀에게 장호는 간단하게 말해주었다.

"그건 아닌 듯했어. 공간이나 시간의 제약까지 없어진 것은 아닌 듯 보였거든. 다만 그 심독은 무형무음무취였지. 지독하기도 했고."

"사대호법이랬지? 다른 사람들도 그럴까?"

"아마도. 독선이 있으니, 검선이든 도선이든 없을 수 없잖아."

"만나면 도망?"

"도망. 나는 현경에게서 도망칠 수 있어. 너도 챙길 수 있고."

장호의 말에 여이빙이 그 예쁜 얼굴을 끄덕인다.

"너… 정말 엄청 강해진 거 알아?"

"너도 마찬가지 잖아?"

"그래도 나는 현경에게서 도망칠 수는 없을걸. 네 말대로면 이기는 건 거의 불가능해 보이는데."

"아니. 살아 있는 사람인 이상 이길 수는 있을 거야. 얼마나 피해를 많이 입느냐의 문제겠지."

장호는 확신을 담아 말하며 마차 밖을 바라보았다.

마차는 빠르게 질주하고 있었고, 주변에는 기마병이 수십이 같이 내달리는 중이었다.

"황제라… 그러고 보면 누르하치라는 사람은 어떤 사람일까? 나, 황제 본 적이 없거든."

"황제라고 해도 별거 없어. 특히… 숭정제는 사람으로서는 저질이니까."

"에? 진짜?"

"왜 망국이겠어? 황제가 병신이니 그런 거지."

여우 같은 눈이 묘하게 일그러졌다.

그녀의 붉은 입술이 살짝 삐뚤어진다.

그 모습을 보면서 확실히 매력적이라고 장호는 생각했다.

"너도 참… 입담이 엄청나다니까."

그녀의 말에 장호는 피식 웃을 뿐이었다.

"맞아, 너 내공은 얼마 정도 돼?"

"나? 글쎄다… 대충 칠 갑자는 될걸."

도가비상현천공을 익히면서 장호의 내공은 기하급수적으로 빠르게 늘어났다.

애초에 선천의선강기가 내단을 이룬 순간부터 내공의 양이 어마무시하게 늘어났지만, 도가비상현천공을 익히면서 그 속도가 배가되었던 것.

"뭐?"

장호의 말에 그녀의 표정이 얼이 빠진 것처럼 변해 버렸다.

그럴 수밖에 없지 않은가?

"칠, 칠 갑자?"

"응. 칠 갑자."

"강, 강기 한 번 만드는 데 최소 이십 년 내공이니까……."

"강환은 반 갑자 들어간다고 그러더라."

장호는 태양신공 구결에 적힌 문구를 기억해 내고 말했다.

태양신공도 극에 이르면 현경에 오를 수 있기 때문이었다.

물론 장호는 태양신공을 극에 이르게 익힐 수는 없다.

선천의선강기가 있으니까.

도가비상현천공은 십이성 대성을 할 수 있을지 모르지만, 그것도 나중의 일이었다.

"엄, 엄청나네."

"음. 엄청나지. 더 중요한 사실을 가르쳐 줄까?"

"뭔데?"

"선천의선강기가 이 갑자에 이르면 저절로 도검불침이 되고, 그 이후에 내단을 형성하고 그 내공이 오 갑자에 이르면 금강불괴에 이르게 된다. 저절로."

거기에 장호는 마혈신외공을 익히고, 금강철신공을 익혔다.

또한 최근에 와서는 생육선의 경지에 이르러 실제로 강환을 신공절학급의 검법에 의해서 격중당했음에도 피부가 슬쩍 잘리고 끝나고 말았다.

금강불괴 그 이상의 경지!

장호는 실로 그 정도에 올라선 것.

거기에 계속해서 육신에 압력을 가하는 수련을 계속해 왔었다.

기실 장호는 자신의 육신이 어느 정도의 힘을 가지고 있는지 아직 잘 몰랐다.

하지만 현경에는 모자라다고 어렴풋이 생각할 뿐.

"우와… 나도 그거 배울까?"

"처음부터 다시 익히려고?"

"아니, 그건 아니고, 곁다리로 익힐 수 있을걸. 내 내공은 특별하니까."

"한번 시도나 해봐. 못 할 것도 없지."

"그러자."

장호와 여이빙이 그런 대화를 하는 가운데, 마차는 계속해서 달렸다.

      *   *   *

명제국이 무너졌다.

그 사실은 천하 전체를 뒤집어놓았다.

그 혼란의 사이, 사파의 세력들은 거의 대부분이 무너져 내렸다.

반란군을 도왔던 사파이지만, 사실 그들이야말로 반란군의 주축인 민중의 고혈을 빨아먹던 자들이었지 않은가?

그런 이를 이자성이 내버려 둘 이유가 없는 것이다.

그 이후.

강호는 완전한 혼란기에 접어들 수밖에 없었다.

명제국이 무너지자, 각 지방의 군권을 가진 절도사들이 딴마음을 품고 움직이기 시작했고, 관리들 역시 도를 넘는 행동을 일삼았다.

치안이 부재한 상황이 발생해 도적이 들끓어 올랐고, 이권을 가지고 있던 이들은 그들 스스로를 지키기 위해서 부패한 관리를 암살하고 도적을 일소하는 한편 스스로가 도적과 같은 짓을 행하기 시작했다.

혼돈이 중원 전체에 깔린다.

그사이 무림맹은 해체되었다.

무림맹을 구성하는 각 문파들의 이권 대립이 심화된 탓이다.

정사대전에서 승리하였긴 하지만, 그들은 얻은 것이 없었다.

천하가 혼란에 빠져 제대로 이권을 챙길 수가 없었던 것.

그사이 무림맹이 해체되며 정의맹이 출범하게 된다.

개방, 무당파, 황보세가, 하북팽가.

두 개의 문파와 두 개의 세가가 합하여 만들어진 정의맹.

그리고 이들에게로 중소문파가 다수 붙어 하나의 연맹을 구성한 것이다.

그들은 그들이 자리한 지역을 빠르게 안정화시켰다.

절도사를 협박하여 제대로 된 질서를 만들었고, 그 일대를 확실하게 안정화시키고 있었다.

"가면이 벗겨지니, 모두 날뛰는군. 지긋지긋해."

걸왕 구지신개.

그가 짜증이 잔뜩 어린 표정으로 한숨을 내쉰다.

"끌끌. 누구나 다 마음속에 야차가 숨어 있잖나? 다 그런 게야."

도왕 팽도선.

그가 히죽 웃으며 말을 받았다.

"다른 둘은 어디로 갔는가?"

"말코 녀석은 무당파 챙긴다고 내려가 있어. 주먹쟁이도 그렇고."

"어쩔 수 없지. 그 친구들도 자기 가문과 문파가 중요하니."

"그래도 자네에게 힘을 실어주고는 있잖나? 불평은 그만하라고."

"알고 있네, 알고 있어."

정의맹.

그 주축은 현재 개방이었다.

그리고 정의맹주도 역시 개방 출신인 구지신개가 맡고 있었다.

어찌 보면 개방의 사조직이라고 할 만큼 개방도가 차지하는 비중이 컸다.

개방이 중심.

거기에 황보가, 팽가, 무당파의 무인들이 가세한 꼴이다.

하지만, 그거야 어쩔 수 없다.

현재 가장 큰 세력과 정보망을 가진 것이 개방이니까.

그나마 개방은 이권을 탐하지는 않으니 다른 세 문파는 적지 않은 이권을 얻어 만족한 상태였다.

"사천, 청해, 섬서, 신강, 운남, 감숙, 귀주. 이 일곱 지역의 방도들은 모두 철수시켰어.

그래도 인력이 부족해."

"하오문은?"

"그들은 이미 잠적했어. 일부를 끌어들이긴 했지만……."

"좀 더 힘 좀 내주게나. 자네 아니면 나도 여기 앉아서 이러고 있을 이유가 없어."

팽도선의 말에 구지신개는 고개를 끄덕인다.

"그나저나 북쪽은 어떤가?"

"일진일퇴. 후금이라고 칭한 여진족의 군세가 만만한 것이아니라더군."

"흐음… 듣기로 이자성이 현경의 절세고수라던데."

"그는 전면에 나서서 검을 뽑지는 않더군. 이유가 있는 것이겠지… 그나저나 금마장에서 전언이 왔네."

"금마장에서? 뭐라던가?"

금마장주.

그의 무위는 천하십대고수에 들어갈 만하다고 하지만, 알려진 바가 없었다.

천하의 혼란 와중.

금마장의 재물을 약탈하려는 자들이 부지기수였는데, 그들 대부분은 시체가 되어 들판에 버려졌다.

그래서 지금에 와서는 금마장을 금마철혈장이라고 부를 정도.

금마장의 무력에 천하가 경악했음은 당연한 일이었다.

금마장이 강력한 무력을 가진 것은 이미 알고 있었지만, 거의 전성기의 무림맹이 가지고 있던 무력과 비등한 무력을 가지고 있었을 줄이야?

지금도 금마표국은 표행을 한다.

그런데 금마표국을 건드렸다가 살아남은 도적이 없을 지경이었다.

그러다 보니 금마전장과 금마표국으로 대변되는 금마장의 사업은 이 혼란기에 더더욱 크게 번성하고 있을 지경이었다.

"상황은 안정될 것. 무분별하게 금마장을 공격하는 이들에게는 응징을 하겠음."

"하… 기가 차는군."

"하지만… 무시할 수는 없네. 본 방에서도 그들의 진면목을 알지 못했으니……."

"그렇겠지. 아직도 꼬리가 잡히지 않는 황밀교는 어찌 되었나?"

"모르겠네. 그들은 진정으로 오리무중이야."

"흠……."

"일단 우리는 가지고 있는 힘이라도 지켜야지."

"뜻대로 되었으면 좋겠네만… 이자성이라는 자가 잘할 수 있을까?"

"이미 황제의 목이 떨어졌네. 잘하겠지. 그렇지 않으면…
또다시 중원은 과거와 같이 침탈당할 걸세."

"끙… 할 수 있는 게 없군."

팽도선은 마음에 들지 않는다는 얼굴이었다.

그렇게 정의맹은 개방을 중심으로 움직이고 있었고, 무림
맹이 해체된 이후의 강호의 명문 정파들은 제각기 움직이고
있었다.

그러나 산서성만큼은 조금의 혼란도 없었다.

의선문의 영향력이 산서성을 완전하게 장악하고 있었기
때문이었다.

第二章

자격

황제의 자리는 하늘이 내린다고 한다.

정말일까?

의문

장호와 여이빙.

그리고 몇 명의 호위를 위한 무사들은 여진 군대의 호위를 받아 그대로 후금의 황제 누르하치가 거하고 있다는 요녕성의 금주(錦州)라는 도시로 향했다.

요녕성의 성도는 심양(沈陽)이라는 곳으로, 그곳에는 그 유명한 검의 명가 모용세가가 자리하고 있다.

모용세가는 이 후금제국에 어떻게 대처했을까?

그런 의문이 들었지만, 장호는 딱히 내색은 하지 않았다.

"금주야."

여이빙이 창문 밖을 보며 말한다.

장호는 그녀의 말에 그녀가 이곳에 와봤음을 알 수 있었다.

그러고 보면 현생과 전생을 통틀어 장호는 요녕성에 처음 와봤다.

요녕성은 산서와 비교했을 때 겨울에 더 춥다고 하던데, 과연 여기 사람들은 어떻게 살아가고 있는 걸까?

"커?"

"아니, 작아. 그래서 그런지 성벽 밖으로 군대가 엄청 많이 포진해 있는데?"

"그래? 황제가 있긴 한가 보군."

"후금제국을 인정하나 봐?"

"인정해야지. 저들은 이미 하나의 국가야. 아국은 저들과 전쟁 중인 거고. 반란군 같은 게 아니라고."

외적.

후금은 그런 존재들이다.

지금 장호의 태도도 국가 사절의 그것과 같다.

저들에게 종전을 제의하는 것이다.

물론 그것은 표면적인 이유일 뿐이다.

목적은 누르하치의 암살.

누르하치를 내버려 둔다면 장차 대순제국은 계속 압박을 받게 되니, 그게 문제인 것이다.

물론 암살이 실패해도 좋다.

그것이 이자성의 계획이다.

이자성은 전면전을 펼칠 경우 저들을 이길 자신이 있었으니까.

지금 하북과 요녕의 경계에 요새를 지어놓고 방어전을 하고 있는 후금제국군이 이상한 것이다.

대다수가 기마병인 저들이 왜 수성전을 하는 걸까?

물론 그것이 효과적이기는 하지만 그들에게 전혀 어울리지 않는 전략이었다.

그리고 그것은 그들에게 전혀 다른 누군가가 곁에 있다는 것을 의미하는 것이기도 했다.

아마도 황밀교겠지.

장호는 황밀교의 정체를 이번에 알 수 있을까? 하고 생각해 보았다.

어쩌면 아닐 수도 있다.

그걸 곧 확인하리라.

덜컹.

마차가 멈추었다.

밖에서 여진족들이 그들의 언어로 뭐라고 소리를 지른다.

장호도 여진의 말은 아는 바가 없었다.

"안으로 들여보낼 건가 봐."

"말을 알아들어?"

"응, 알고말고. 나 예전에 이 근방에서 살았거든."

"호."

장호는 그녀의 말에 감탄을 내뱉었다.

"진작 말하지 그랬냐. 말 좀 가르쳐 줘 봐."

"에? 그걸 어떻게 단번에 가르쳐?"

"나는 한 번 듣거나 본 것은 잊지 않아. 그러니 가능해."

"에엑? 그 거짓말 진짜야?"

"그게 대체 어느 나라 화법이야? 가르쳐 주기나 해."

"어… 알았어."

그녀는 엄청난 소리를 들었다는 표정이 되었다.

그러더니 여진족의 말을 기초부터 하나씩 말해주기 시작
했다.

어차피 황제를 만나는 것은 오래 걸릴 것이다.

그사이, 언어를 대부분 체득한다.

장호는 그렇게 결심했다.

마차가 성내로 들어서고, 얼마간 달리다가 다시 멈추었다.

"내리십시오."

한어를 아는 여진 병사의 말에 장호와 여이빙은 마차에서
내렸다.

주변을 둘러보니 제법 화려한 장원으로 온 모양이었다.

어떤 부호의 집을 빼앗은 모양인가?

장호는 그리 생각하고서 병사를 보았다.

"이곳으로 따라오시기를."

장호는 고개를 끄덕였고, 여이빙과 장호는 곧 손님방으로 안내가 되었다.

장호와 여이빙은 붙어 있는 방을 배정받았다.

그리고 하녀도 배정받았다.

하녀들은 한인이었다.

아마도 이 장원에서 일하던 하녀들로 보였다.

장호를 모시기로 한 하녀는 미미라고 했고, 여이빙을 모시기로 한 하녀는 여여라고 했다.

이름이 단순한 것으로 보아 하층민 출신인 듯했다.

그렇게 방을 배정받은 이후.

장호와 여이빙은 중간 응접실에 모여 앉아서 이야기를 나누었다.

대부분이 여이빙이 여진족의 언어를 가르쳐 주는 데 시간을 할애했다.

장호는 밤에는 혼자서 연공을 하고, 낮에는 여진족의 언어를 익히며 시간을 보내고 있었다.

적어도 십 일 이후에나 황제 누르하치를 만날 수 있을 거라고 생각했기 때문이다.

그리고 그런 예상은 맞았다.

무려 20일 이후, 누르하치가 장호를 부른 것이다.

그동안 장호는 어지간한 대화는 그대로 할 수 있는 수준에 이르러 있었다.

초인적인 기억력 때문에 가능한 일이었다.

그리 크지 않은 도시이지만, 부호가 제법 사는지 큰 장원이 있었다.

그리고 그중 하나에 장호와 여이빙은 안내되었다.

여이빙은 면사로 자신의 외모를 가렸으나, 화려한 궁장 차림을 하였다.

장호는 수수한 관복을 입었다.

그렇게 대조되는 두 사람이었지만, 여진의 병사들은 둘을 무시하거나 하지는 않았다.

정확히는 기계적으로 둘을 안내할 뿐이었다.

그리고 결국 큰 건물의 대전(大殿)에 둘은 안내되었다.

호오.

장호는 대전의 입구에 들어서며 뜨거운 불길에 지져지는 것 같은 느낌의 살기에 노출되어야 했다.

그것은 정제된 무인의 칼로 찌르는 듯한 살기와는 전혀 다른 종류의 것이었고, 그것을 내뿜고 있는 이들이 누군지는 곧 눈으로 볼 수 있었다.

거친 인상을 쓰고 있는 자들.

야만적인 가죽 갑옷을 입었고, 털이 달린 모자랄 쓰고 있는 이들이 가죽 깔개 위에 앉아서는 자신과 여이빙을 바라본 것이다.

그 수가 열두 명으로, 하나하나가 모두 보통은 넘어 보였다.

'이들이 몽골에 비견된다는 여진의 초원 전사들이로군.'

장호는 속으로 그들에 대한 정보를 떠올렸다.

여진족과 몽골족은 모두 유목 민족으로, 큰 세를 이루기가 어렵다.

그러나 만약 큰 세력을 이루면 그 위력은 가공할 만한 것이라고 할 만했다.

명제국의 국경은 겨우 청해성 정도지만, 원제국 시절에 저 멀리 천축국 너머까지 지배했다고 했었기 때문이다.

이들 여진족은 그런 몽골족에 비견될 기마 민족.

또한 몽골과 여진에도 나름의 비전이 있어서 그를 수련한 이들은 강호의 초절정 무인에 비견될 만하다고 했다.

이들이 그런 것 같았다.

야만적인 살기지만, 적어도 초절정은 되어 보이는 이들인 것.

물론 초절정 정도로는 장호의 입장에서는 아무것도 아니었다.

그렇게 생각하며 대전에 들어섰다.

"어서 와라."

대전의 가장 상석.

다른 이들보다 단이 더 높은 곳에 거대한 백호의 가죽 깔개를 깔고 앉은 사내가 말했다.

장호가 힐긋 보니 그곳에는 두 눈이 마치 범 같은 중년의 사내가 앉아 있는 것을 알 수 있었다.

그리고 그는 다른 이들보다도 확연히 다른 기세를 발하고 있었다.

화경.

그것도 거의 끝자락.

'대단하군.'

장호는 천천히, 그리고 공손하게 읍을 했다.

"천세 천세 천천세. 후금제국의 황제 폐하를 뵙사옵니다."

유창한 여진의 언어로 말하는 장호의 말에 황제 누르하치의 두 눈이 호를 그린다.

그것은 배부른 호랑이의 것과 닮아 있었다.

"우리의 말을 아는구나?"

"황제 폐하를 뵙고자 찾아왔는데, 말을 못하여서야 사신으로서의 자격이 없습지요."

"코흐. 말은 잘하는군. 그래, 본인을 만나고자 했다고 들었다. 그 대가로 아름다운 절세가인을 바치기로 했다지?"

"그렇사옵니다."

"그래. 그 절세가인의 외모를 보자. 마음에 들지 않는다면, 네 녀석의 말 따위는 들어보지도 않을 거야."

거칠군.

"뜻대로 하소서."

장호는 그리 말하고 뒤로 물러섰다.

그러자 면사로 자신을 가지고 있던 여이빙이 천천히 면사를 벗었다.

그러자 대전안을 가득 채우던 살기가 씻은 듯이 사라지는 것이 아닌가?

"소녀, 화여호라고 하옵니다."

대전안의 전사들이 모두 그녀를 보면서 넋을 잃었다.

단지 미모만이 아니다.

그녀가 외모를 드러내자 폭발적으로 요염한 색기가 사방으로 뻗어나간 탓이다.

"크하하하하! 과연, 과연. 절세가인이라고 하더니……. 이 몸을 깜짝 놀라게 하는구나. 아름다울 뿐만 아니라, 그 몸 또한 아주 강인해. 좋아, 마음에 든다!"

누르하치는 크게 웃으며 손을 들었다.

"내 오늘 너를 품을 것이니, 내 방에 가 있도록."

병사 몇 명이 다가오더니, 여이빙을 데리고 대전을 나간다.

흠, 계획대로 되는 건 아니로군.

장호는 그리 생각하며 여전히 고개를 숙이고 있었다.

"고개를 들어라."

누르하치의 말에 장호는 고개를 들고 허리를 세웠다.

"그래. 네놈이 가져온 제안이라는 건 뭐냐?"

"아국의 황제 폐하께서는 귀국과 종전을 하고자 저를 보내셨습니다."

"종전? 전쟁을 끝내자? 크하하하하."

누르하치가 대전이 떠나가도록 웃음 지었다.

"종이호랑이 같은 한족의 군대 따위는 무섭지 않아. 그런데 내가 왜 종전을 해야 한단 말이냐?"

쩌렁쩌렁하게 외치는 황제의 말에 장호는 무표정하게 말을 한다.

"그러시다면 왜 요새를 짓고 계십니까? 아국의 군대가 두렵지 않으시다면 한판의 회전을 벌여보심은 어떠신지요?"

"후후후후후. 물론 나는 한족의 군대는 두려워하지 않아. 하지만… 쉽게 갈 일을 어렵게 가는 것 역시 좋아하지 않거든."

그건 무슨 의미지?

혹, 병력을 추가로 확보할 방법이라도 있단 말인가?

아니면 다른 어떤 복안이 있나?

"너희 한족의 내부는 엉망이라고 들었다. 그리고, 너희 한족을 노리는 것은 본좌뿐만이 아니지. 너희 말에 이런 말이 있다지? 차도살인(借刀殺人)과 이이제이(以夷制夷)라는 말 말이야. 그거 참 좋은 이야기라고 늘 생각해 왔다."

차도살인.

이이제이.

장호는 그의 말에 어떤 계획이 있음을 알아차렸다.

여진이 요새만 세우고 준동하지 않는 이유!

그것은 다른 쪽에서 대순제국에 대한 공격이 있을 거라는 의미!

"흐흐흐흐. 운남이라고 했던가? 그쪽에서도 소요가 인다고 하더군. 그리고 원의 잔당들도 움직이기로 했으니… 한족의 운명은 이제 노예 그 외에는 없다."

자신만만한 그의 말에 장호는 속으로 한숨을 내쉬었다.

일이 그렇게까지 간다면… 이자성이 본신의 무위를 모두 다 드러내지 않는 한에는 대순제국을 지키는 것은 그야 말로 불가능한 일이었다.

그러나 그는 알 수 없는 제약 때문에 그렇게 할 수 없다고 하지 않았던가?

대체 현경에 들어서면 뭐가 달라지기에 그런 것일까?

장호는 그리 생각하면서 포권을 해 보였다.

그렇다면.

여기서 내가.

역사를 바꾸어주리라.

본래의 역사, 사마밀환이 가동되기 전의 역사.

그 역사에서는 대순이 멸망하고, 후금이 들어와 중원을 지배했을 수도 있다.

하지만, 사마밀환 덕분에 시간이 역행한 지금 이미 역사는 바뀌었다.

이것은 천리를 역행하는 것인가?

피식.

장호는 웃었다.

이미 그는 죽었어야 할 자를 살렸고, 살았어야 할 자들을 죽였다.

이미 역천을 저지른 주제에 역사가 바뀔 것을 두려워하는가?

한 사람의 생사를 바꾸는 것은 두려워하지 않는 주제에, 나라의 운명을 바꾸는 것을 두려워하다니?

하나의 목숨이 국가보다 못하다는 건가?

아니.

그런 걸 인정할 수는 없다.

그렇다면, 나는 대체 무엇을 위해서 의원으로서 살아왔겠
는가?

"웃어?"

"황제 폐하. 저로서는 무척이나 안타깝습니다."

"무엇이 말이냐?"

"종전을 받아들이시지 않은 점이지요."

"네놈… 다른 생각이 있는 모양이구나. 그게 무엇이냐?"

"별것 아닙니다. 용이라고 하는 신성한 짐승도, 범이라고
하는 강대한 짐승도 결국 한 가지 법칙에서 벗어나지 못한다
는 것을 아십니까?"

장호의 몸에서 기운이 일어났다.

자리에 앉아 있던 자들이 무기를 움켜쥐며 살기를 피워 올
렸다.

"결국 머리를 잃으면 죽는다는 것이지요."

"크하하하하하하! 방자한 놈이로다. 네 녀석이 감히 나를,
여진 제일의 전사인 이 몸을 죽일 수 있으리라고 보는 것이
냐?"

"물론입니다."

"흐흐흐흐. 좋아. 그렇다면 한번 그 자신감의 근원을 시험
해 보도록 하자. 누가 나설 테냐?"

"족장! 제가 나서겠습니다."

"초크타인가? 좋아, 나서라!"

장호의 앞으로 곰 같은 체구를 한 사내가 나선다.

그는 길이가 칠 척은 되어 보이는 거대하고 두터운 대도를 든 사내였다.

그 육신을 보니, 역발산기개세의 괴력을 지닌 역사로 보였다.

천하역사라!

근육의 힘이 능히 반 갑자의 내공을 가진 것과 같으니, 실제로 내공까지 익혔다면 그 위력은 보통을 뛰어넘었을 것이다.

하긴.

그런 게 무슨 상관이랴.

선천의선강기를 대성하고, 생육선의 경지에 입문하여 육신을 계속해서 단련해 온 장호의 육체는 곰보다도 강인한 상태였다.

"감히 족장 앞에서 개소리를 늘어놓다니. 이름이 뭐냐? 탱그리께 보내기 전 그 이름을 알아두고 싶다."

탱그리.

그것은 여진과 몽골족이 믿는 하늘의 신을 이른다.

장호는 가볍게 고개를 끄덕이고서 자신의 이름을 밝혔다.

"장호라고 하오."

"좋아, 장호. 나 초크타가 그대를 상대하겠다!"

대도가 번쩍 들리고, 번개처럼 내려쳐졌다.

금강역사만큼 힘이 강한 그의 괴력을 실은 일격은 태산을 두 동강 낼 기세로 떨어져 내린다.

느려.

자세는 좋군.

힘이 제대로 실렸어.

하지만 약해.

무게로 치면… 그래봤자 만 근(6톤) 정도의 힘이로군.

내공을 익히지 않은 사람도, 권각법을 깊이 있게 수련하면 일격에 천 근(600킬로그램)의 위력을 낸다.

거기에 내력을 섞으면 수천 근의 위력을 지니게 된다.

초크타라고 스스로를 밝힌 거한의 일격은 능히 만 근에 달하는 힘을 지녔으니, 강호 고수라고 해도 이걸 막았다가는 그대로 두 동강이 나고 말 것이다.

그러나 장호는 물러서지도, 피하지도 않았다.

그저 손을 느릿하게 든다.

쩌어어어어어어엉!

어마어마한 소리가 울렸다.

초크타의 대도가 산산조각이 나서 사방으로 비산했다.

그 금속 조각은 초크타와 장호를 덮쳐 그 육신을 헤집었다.

장호는 멀쩡했으나, 초크타는 몸 여기저기에 금속 조각이 박힌 채로 혈인이 되어 있었다.

그의 손아귀는 피를 철철 흘려대고 있다.

대도의 손잡이를 놓지 않은 탓이다.

"그대는 강하군."

"그렇소. 그럼 비키시구려."

"그럴 순 없다. 너와 나, 둘 중 하나는 죽어야 한다. 그게 초원의 법도다!"

"무식한 법도로군. 그렇다면……."

장호가 손을 살짝 흔들었다.

퉁!

공기의 층이 튕기는 소리가 나고, 무음무형의 권력이 허공을 격하고 뻗어져 간다.

그것은 보이지도 들리지도 않았지만, 빠르기까지 해서 초크타의 복부에 단번에 틀어박혔다.

"크악!"

그의 몸이 반으로 접히며 저 멀리로 나가떨어진다.

그는 입으로 피를 뿜으며 쓰러지더니, 다시는 일어서지 못했다.

"황제 폐하. 그대는 역사를 바꿀 수 있었을 겁니다. 그대가 중원을 지배하고, 새로운 제국을 세워 통치할 수 있었겠죠.

하나, 나는 이미 역천을 이루었으니… 자, 그대의 목을 내놓고, 그대의 심장을 나에게 내놓으시오. 그대의 수하들이 덤벼보았자 불나방과 같으니…….”

장호가 앞으로 일보를 내디뎠다.

그때다.

사방에 있던 전사들이 모조리 달려들었다.

그들의 대도, 대검, 대부의 거대한 무기들이 빛으로 번쩍인다.

이들도 검기와 같은 것을 쓸 수 있는 것이다.

그들만 덤빈 것이 아니다.

제일 먼저 벌떡 일어나서 달려든 것은 황제인 누르하치였다.

그는 그가 깔고 앉은 백호처럼 달려들며 대도를 내리찍었다.

천지양단의 기세가 담긴 그것이 장호의 정수리로 떨어져 내린 것이다.

사방에서 쏘아져 오는 무기들.

그러나 장호는 태연하게 움직였다.

카가가가강!

깡!

까가가강!

무기가 부러졌다.

사람들이 튕겨져 나갔다.

황제의 대도는 반으로 잘렸고, 황제는 굳은 모습으로 서 있었다.

그리고 장호는 옷이 베였을 뿐 멀쩡한 모습으로 서 있었다.

"그대의 목만 취하려고 하였으니… 다른 이들의 생명은 거두지 않으리다."

파파파팟!

장호의 손이 번개처럼 휘저어졌다.

퍼퍼퍼퍼퍽!

"크악!"

"으악!"

11명의 전사들이 모두 나가떨어졌다.

"황제 폐하를 지켜라!"

대전의 문 쪽에서부터 소리가 들리더니, 병사들이 달려들어 오는 소리가 들렸다.

그러거나 말거나 장호는 굳은 모습으로 서 있는 누르하치를 향해 손을 들어 보였다.

"너는… 누구냐? 신인이냐? 요괴냐?"

"사람이오."

"크. 크크큭! 하늘 위에 하늘이 있다더니……."

"이렇게 만나서 유감이오, 황제."

"그래도 너는 나를 황제라 부르는구나."

"그대가 황제가 아니라면, 누가 황제겠소?"

장호의 손이 스윽 하고 밀듯이 움직였다가 거두어졌다.

"잘 가시오."

"컥……."

누르하치가 그대로 쓰러져 내렸다.

그의 입, 코, 귀, 눈에서는 피가 분수처럼 흘러내렸다.

"폐하께서 시해당하셨다!"

"잡아라! 암살자를 잡아!"

병사들의 호들갑을 보면서 장호는 후우 하고 크게 숨을 내쉬었다.

이제 이 땅을 떠날 때가 되었다.

쾅!

발을 굴렀다.

단번에 지붕을 뚫고 올라가 장호는 하늘에서부터 도심을 내려다본다.

"황― 제― 가― 죽― 었― 다!"

쩌렁!

쩌렁!

가공할 사자후를 내지르고, 장호는 그대로 지붕 위에 내려선다.

그리고 즉시 그 자리를 이탈하기 시작했다.

황제 암살.

그것이 성공하였다.

第三章

역사가 바뀌는 때

정해진 역사가 존재한다.
그러나, 그게 바뀐다.
어떤 일이 벌어질 것 같은가?

의문

"하!"

장호의 몸은 비호처럼 내달렸다.

그런 장호를 향해 하늘을 메울 듯한 화살의 비가 떨어져 내렸다.

과연 기마 민족.

이들은 기본적으로 말을 타고 화살을 쏘는 것이 기본인 민족이라, 모두가 명사수라고 할만하다.

그들은 어마어마한 속도로 이동하는 장호의 이동 지점을 노리고 화살을 쏘아냈다.

그러나, 그것은 아무래도 좋은 일이다.

애초에 경력이 실린 도검도 가볍게 무시하고, 강기조차도 피해를 입지 않은 육체를 가지고 있는 존재가 아니던가?

그는 화살을 그냥 몸으로 받아내면서 그대로 내달렸다.

순식간에 담을 넘고, 그대로 성벽까지 내달렸다.

장호가 달리는 곳으로 병사들이 몰려들었지만, 그들로서는 장호를 막기에는 역부족이었다.

쾅!

장호가 뛰었다.

단번에 성벽을 뛰어넘어서, 그대로 들판으로 떨어져 내렸다.

성 밖에는 수없이 많은 병사들이 있었지만, 그런 그들도 장호를 어떻게 할 수가 없었다.

휘익!

그런 장호의 옆에 여이빙이 떨어져 내렸다.

"빨리 끝냈네?"

"더 있을 필요가 없더라고."

"그럼, 도주?"

"그래야지."

"응. 그러면 가자."

장호의 속도는 명마보다 더 빠르다고 할 만했다.

그리고 여이빙은 장호보다 더 고절한 경공을 지니고 있었다.

그러니 그런 둘을 막을 수 있는 자가 없었다.

결국 두 명은 얼마 지나지 않아서 군중을 돌파할 수 있었다.

말보다 빠르니, 장호를 추격할 수 있는 자는 없었다.

장호는 한 시진을 달려 멀리 떨어진 산중에 들어설 수 있었다.

그러고도 장호는 멈추지 않았다.

"업혀."

장호의 체력은 선천의선강기의 내단에 의해서 무한하게 회복한다.

내력을 쓰지 않고도 준마와 같은 속도로 내달리는 것이 가능해서, 이제부터는 장호가 그냥 달리는 쪽이 더 나았다.

그러나 여이빙은 아니다.

어마어마한 내공을 가지고 있었지만, 전력으로 한 시진을 내달리는 것은 강기를 수십 번 쓴 것과 같은 내공의 소모를 가져왔다.

여이빙은 냉큼 장호의 등에 업혔고, 장호는 달리기 시작했다.

그렇게 산을 두 개를 넘었고, 하루를 달린 끝에 장호는 다시금 순제국의 영역에 들어설 수가 있었다.

물론 그사이에 여이빙이 내려서 다시 내공이 소모될 때까지 달리다가 다시 업혔다.

"좋아. 여기서 쉬자."

둘은 한적한 산속에서 멈추어 섰다.

"여기가 어디야?"

"글쎄? 일단 요녕성은 벗어났어."

"엄청 빠르더라. 너 몸이 왜 그래?"

"의선문의 무공이 원래 이래."

"신기하네……."

"그나저나 황제를 죽이긴 했으니, 돌아가 봐야겠지?"

"당연하잖아. 일단 황궁으로 갈 거야?"

"그래야지."

불과 한 달도 안 되는 여정이었지만 상당히 힘든 여정이기도 했다.

하지만 그런 것은 아무래도 좋은 일이었다.

"그래도 좀 쉬고. 아무리 선천의선강기라고 해도, 없는 걸만들지는 못해."

"없는 거라니?"

"음식. 각각의 음식에는 영양분이 있거든… 그건 진기로도 해결이 안 돼. 일단 뭣좀 먹자."

"어… 그래."

그녀는 떨떠름하게 대답했다.

그럴 수밖에.

그녀는 요리는 못했으니까.

게다가 식재료도 제대로 알아보지 못했다.

장호는 피식 웃었다.

"앉아 있어. 다녀올게."

"응? 으응."

장호가 바람처럼 숲속으로 사라져 갔다.

그녀는 잠시 주저앉아서 왠지 모르게 발개진 얼굴에 손부채를 부쳤다.

그사이 장호는 숲속으로 뛰어 들어갔다.

그의 코가 잠시 킁킁거린다.

"이쪽이군."

인간의 육체는 나약하다.

청각, 후각, 시각, 촉각, 미각.

모두 짐승들의 것에 비하면 무척이나 뒤떨어진다.

만약 뛰어난 이성이 없었다면, 인간이란 존재는 지금처럼 최상위 포식자가 되지 못했으리라.

그러나 장호는 아니었다.

선천의선강기를 통해 생육선의 경지에 입문하여 육신을

자유자재로 제어할 수 있게 된 장호는 이 세상 그 어떤 짐승보다도 뛰어난 능력을 가지고 있었다.

말을 능가하는 폐활량, 곰을 뛰어넘는 근육, 개를 초월하는 후각 등을 가진 것이다.

그러다 보니 장호는 냄새를 맡는 것만으로도 잡을 수 있는 짐승의 위치를 알 수 있었다.

사사사삭.

빠르게 이동한 장호는 결국 목표로 했던 짐승을 발견했다.

그것은 사슴이었다.

뿔이 길게 다란 사슴 여러 마리가 한가로이 풀을 뜯고 있었다.

사슴은 무리를 짓고 산다더니…….

장호는 그중 하나를 향해 유령처럼 다가가 손을 뻗었다.

퍽!

사슴 한 마리는 자신이 죽는 줄도 모른 채로 절명하고 말았다.

슥.

장호가 죽은 사슴을 들쳐 메자, 그제야 장호의 존재를 알아차린 사슴들이 사방으로 도망을 쳤다.

장호는 그런 사슴들을 뒤로한 채로 그대로 여이빙이 있는 곳으로 되돌아갔다.

가보니 여이빙은 모닥불을 피워놓고 있었다.

도구도 없이 불이 생긴 것이 이상해 보이겠지만, 강호 고수에게는 그리 어려운 일도 아니다.

진기를 마찰하여 불길을 일으킨다.

이른바 삼매진화라고 부르는 것이지만, 사실 진기의 운용이 능숙하면 일류 고수도 나름 해낼 수 있는 일이었다.

물론 진기의 운용 능력이라는 것을 제대로 해낼 수 있는 사람이 몇이나 되겠느냐마는.

"불 피워놨네?"

"이 정도는 해야지. 내가 요리를 못해서 그렇지 야영이나 노숙은 많이 했거든."

"그럴듯하네."

불만 피워져 있었던 것이 아니었다.

불 위에는 그럴듯한 꼬챙이도 만들어져 있었으니까.

"그런데 사슴을 잡아 왔어? 다 못 먹잖아?"

"그렇기야 한데, 반은 먹을 거야."

"엑? 진짜?"

"어. 내 몸은 그게 가능해. 대충 한 끼에 열 근은 먹거든."

열 근(6킬로그램)이나 먹는다고?

사람이냐, 돼지냐?

여이빙은 순간 그렇게 외칠 뻔했다.

하지만 생각해 보면 아무리 선천의선강기가 대단하다고는
해도, 저만큼 움직이려면 그만큼 먹어야 하리라는 생각이 들
었다.

"어마어마하네……."

"그렇지?"

장호는 능숙하게 사슴을 해체했다.

그리고 녹용과 간 같은 약재로 쓸 것은 따로 빼고, 고기를
잘라서는 꼬치에 꿰어 불 위에 올렸다.

지글지글 하고 사슴 고기가 푸욱 익어간다.

소금과 같은 조미료가 없었지만, 적당히 익자 장호와 여이
빙은 맛있게 사슴 고기를 뜯어 먹기 시작했다.

여이빙도 여성치고는 상당히 많은 양을 먹어치웠는데 거
의 세 근을 혼자 먹었다.

장호는 거의 열두 근을 먹어치우고서야 배를 두드리면서
먹는 것을 멈추었다.

그렇다 해도 사슴 고기는 어마어마하게 남았다.

사슴의 무게가 백 근은 거뜬히 넘어가니 당연하다면 당연
한 일일 것이다.

두 명이 먹어봤자 열다섯 근.

남은 무게가 팔십 근이 넘는다.

물론 뼈의 무게도 있고, 피를 빼면서 무게가 더 줄어들겠지

만 그렇다 할지라도 고기는 많이 남았다.

장호는 남은 고기를 능숙하게 연기에 훈제를 하기 시작했다.

앞으로 조금 더 이동해야 하니, 미리미리 비상식량을 만드는 것이다.

그렇게 하고 나자 시간은 어느덧 점심이 훌쩍 넘었다.

장호는 좌정하고 앉아 운기조식으로 몸 안의 피로를 몰아내었다.

그것은 여이빙도 마찬가지.

사실 내공이 이 갑자가 넘어가는 고수들의 경우 잠을 안 자도 상관이 없다.

내공의 수련을 하면 동시에 피로가 풀어지니까.

그렇게 둘은 피로를 풀어낸 다음, 훈제한 육포를 들고서 다시 길을 나서기로 했다.

"가자."

"응."

*　　　*　　　*

요녕성과 하북의 경계.

여기에는 여진족이 세운 토성과 같은 요새들이 여기저기

있었다.

그리고 그런 경계면에는 대순제국의 군대 역시 포진해 있는 상태였다.

경계에 들어서자 멀리서 군대의 움직임이 보였고, 장호는 그런 군대 중 하나를 찾아가기로 했다.

장호와 여이빙은 충분히 빠른 속도로 이동을 시작했다.

여진족의 진영에서 탈출한 지 불과 이틀밖에 안 되었기 때문에 두 명의 옷은 그렇게까지 엉망은 아니었다.

두 명이 들판을 가로지르며 달려들자, 대순제국군이 당황한 것이 눈에 보였다.

그러다가 화살을 쏘았는데, 장호가 손을 휘저어 그런 화살들을 튕겨내고 군대의 앞에 당도했다.

"나는 미령군주의 부마도위 장호다! 부대의 지휘관은 누구인가!"

장호가 내력을 실어 외치니 쩌렁쩌렁 하고 사방에 그의 음성이 울려 퍼졌다.

그것은 마치 뇌성과도 같았고, 군대에 속한 이들 전원이 몸을 부르르 떨었다.

"너무 세게 말한 거 아냐?"

"이 정도는 해야 해."

"그래?"

옆에서 여이빙이 소근거리는 소리에 대답해 주고 장호는 앞을 보았다.

그러자, 부대가 웅성거리더니 반으로 갈라지며 한 명의 장수가 말을 타고 나타났다.

그는 말에서 내리더니 장호의 앞에 와 부복했다.

"소인 왕영이 부마도위를 뵙습니다."

"수고가 많소. 폐하께서 맡긴 임무를 수행하고 온 것인즉, 즉시 폐하께 전령을 보내고 나와 이쪽의 소저는 머물 곳으로 안내하시오."

"명을 받듭니다."

왕영이라고 말한 사십 대 중반의 무장은 각진 얼굴에 강렬한 기도를 가지고 있었다.

적어도 화경은 되어야 보일 수 있는 기운.

그러나 장호도 여이빙도 이 정도 능력을 가진 이는 위협이 되지 않기에 태연했다.

장호의 자연스러운 행동에 그는 읍을 하고 병사들에게 명령을 내렸고, 이내 둘은 안쪽의 막사로 안내받을 수 있었다.

"병사를 몇 명 둘 테니, 하명하실 일이 있으시면 이들을 통해 주시면 됩니다."

"목욕물. 그리고 옷을 가져오시오."

"예, 전하."

왕영은 손수 막사로 안내하고서, 병사까지 붙여주고는 사라졌다.

장호는 즉시 목욕물을 대령하라고 했고, 얼마 후 뜨끈하게 덥혀진 물이 담긴 나무 욕조를 가져왔다.

문제는 거기서 생겼다.

"허 참. 이빙이 네가 내 첩인 줄 아나보다. 욕조를 여기다 들여보내 주네."

"뭐 어때? 같이 목욕하면 되지?"

"야, 나 부마야 부마. 첩을 거느릴 수는 없단 말이야."

"첩은 무슨 놈의 첩? 누가 네 녀석 첩이나 되어준대니?"

그녀는 혀를 날름 하더니 그대로 옷을 홀랑 벗어버렸다.

눈부신 나신이 드러난 것은 그야말로 순식간이었다.

장호는 그런 그녀의 모습에 전생의 기억이 나서 쓰게 웃었다.

확실히 여이빙은 보통 여인하고는 비교가 안 되긴 한다.

하지만 장호도 이 정도에 욕망이 들끓어 오를 정도는 아니었다.

그의 육체와 본능은 모두 그의 통제하에 있다.

보통 사람은 육체의 본능적 반응을 제어할 수 없지만, 장호는 가능하다.

생육선의 경지라는 것은 그런 것이니까.

때문에 장호는 무덤덤하게 그녀가 목욕하는 걸 보았다.

"뭐야? 그 시든 오이 같은 눈은."

"내가 뭘."

"안 꼴려?"

"그런 거 정도는 제어할 수 있다고."

"에이… 시시해라."

'아니, 시시하다고 말해도 말이지.'

장호는 속으로 그렇게 중얼거리고 말았다.

"있잖아."

"왜?"

"황제 죽였지?"

"그랬다고 했잖아."

내가 중수법으로 내장까지 완전히 파괴했다.

심장이 으스러졌고, 폐는 갈기갈기 찢겼으며, 오장육부는 곤죽으로 만들었다.

즉사다.

되살아난다는 것은 불가능.

이미 그 당시 황제는 시체가 되었던 것이다.

"내부를 완전히 곤죽으로 휘저었어. 즉사였지."

"그랬구나. 그러면… 이제 뭔가 달라질까?"

"모르지, 사실."

장호는 쓰게 웃었다.

그는 확실히 여진을 통일할 정도로 대단한 위인이었다.

제대로 정립되지 않은 무술을 수련해서 그 정도 경지에 오른 것부터가 이미 보통을 넘어섰다는 것이었으니까.

게다가 그에게는 충성을 바치는 수하들도 있었으니, 그가 죽음으로써 역사가 바뀌기는 했을 것이다.

"우선은 황제를 만나보자고."

"그러자."

장호의 가벼운 말에 여이빙 역시 간단하게 대답했다.

황제를 만나면 뭔가 알 수 있을 것이다.

*   *   *

둘은 다시 호위 병력과 함께 이동을 시작했다.

황제는 현재 직접 국경 지역에 와 있다고 했는데, 당연하다면 당연한 일이었다.

이자성이 황제가 되었지만, 그렇다고 그가 전장에 나서지 않을 수는 없었던 것.

그는 현재 대순제국 최고의 전략가이자 전술가이며, 장군이니 그가 전쟁을 주도하지 않으면 질 수도 있는 것이다.

"어서 오게."

장호는 수수하지만 커다란 막사 안으로 안내되었다.

그 막사 안쪽에는 황제 이자성이 의자에 앉아서 무언가가 적힌 두루마리를 바라보다가 고개를 들었다.

"앉지."

"감사합니다."

그의 행동은 황제가 되기 전과 그리 달라지지 않았다.

허례허식이 없었고, 장호를 자신의 맞은편에 앉도록 했다.

장호가 앉자 그는 끝까지 두루마리의 글을 보다가 고개를 들었다.

"처리했더군."

"알려졌습니까?"

"첩자 정도는 있으니까."

이자성의 말에 장호는 가볍게 고개를 끄덕였다.

황제 앞에서 보일 행동은 아니었지만 둘 다 그런 것은 신경 쓰지 않았다.

"황밀교의 교도들은 모습을 보이지 않았습니다. 이유가 뭘까요?"

"그건 나도 모르네. 그들과 내가 잠시 연수했다고 해서, 내가 그들 편은 아니지 않나?"

"그건 그렇습니다만."

"일단 여진족을 정리하고 나서 생각해 보세나. 그들의 군

대를 와해시키고 나면… 그들에게도 더 나은 삶을 권할 생각
이니."

"여진족을 편입시킬 생각이십니까?"

"그들은 사람이 아닌가?"

이자성의 말에 장호는 두 눈을 잠시 깜박인다.

그의 말이 맞다.

그들도 사람이다.

한인이 아닐 뿐.

그들도 살아 있는 인간이었다.

"그들의 삶은 척박하고 거치네. 그들의 행동을 악이라고
보는 것은 지극히 잘못된 것이야. 그들은 초원에서 살기 위한
그들만의 법칙이 있는 것뿐이지."

"그러면 왜 그들의 황제를 죽인 겁니까?"

"그들의 삶이 척박하니까."

이자성은 간단히 대답하며 의자의 등받이에 등을 기대었
다.

"그들은 언제나 투쟁하는 삶을 살아. 여진만 그런 줄 아나?
사실 몽골도 그랬지. 원제국의 성립 이면에는 그들의 끓는 듯
한 투쟁심이 있었어. 문제는 그들의 그런 삶이 그다지 미래지
향적이지는 않다는 것이야."

"무슨 의미입니까?"

"발전하지 않아."

그는 장호의 눈을 똑바로 보았다.

"그들의 삶은 더 나아지지 않아. 언제나 저런 모습을 하고 있지. 정지되어 있다고 보면 된다네. 더 나은 삶이 존재함에도, 그들은 더 나아질 수 없이 영원히 저렇게 투쟁하는 삶을 사는 거야. 그리고 나는 그걸 그대로 둘 생각이 없지. 이 중원도 마찬가지. 중원이라는 단어를 쓰기 시작한 지 몇 년이나 지났는지 알고 있나? 수천 년이 넘었어. 그런데 보게나. 과거나 지금이나, 세상은 그다지 나아지지 않았다네."

그는 잠시 말을 멈추더니 종이를 들어 보였다.

"하지만 그래도 이 중원의 삶이 저들 초원의 민족들보다는 더 낫네. 이 종이에 적힌 내용이 뭔지 아나?"

"무엇입니까?"

"인구를 조사한 거야. 중원의 인구. 약 천 년간 중원의 인구가 증가한 숫자를 표시한 거지. 천 년 사이에 인구가 대략 6배 정도 늘었더군. 그나마 다행이지. 발전하고 나아지고 있다는 거니까. 그러나 저들 초원의 민족은 천 년간 얼마나 인구가 늘었을까? 글쎄. 2배 정도 늘었으면 많이 늘었다고 해야겠지."

"그거 정확한 겁니까?"

"완전하지는 않아. 그래도 근사치는 되겠지."

이자성의 말에 장호는 고개를 끄덕였다.

"나는 세상이 더 나아질 수 있다고 믿네. 그리고 그렇게 하려고 황제가 된 거야."

그의 말에는 신념이 담겨 있었다.

"자네의 질문은 이 정도면 답할 수 있겠군. 문제는 황밀교이네. 그들이 분명 여진을 지원한 것을 알고 있어. 그런데 자네의 암습을 내버려 두었다는 것은 기이하다고 할 수 있지."

황제는 곰곰이 생각에 잠겼고, 그런 황제에게 장호는 물었다.

어쩌면 오늘 만남은 이 질문을 위한 것일지도 몰랐다.

"은룡문은 나서지 않습니까?"

"돕긴 하지. 하지만, 은룡문은 언제나 전면에 나서지 않아."

"어째서죠?"

"노동제일문의 후계자가 오기 전까지 나서지 않는다. 그게 우리의 불문율이니까. 그리고 그것에 반기를 들고 이런 활동을 하는 나는 도리어 은룡문 입장에서는 몹시 이질적이지."

"그건… 꽤 이상한 이야기군요."

은룡문 입장에서 이자성은 결국 반란을 일으킨 반역도다.

그런데 그들은 이자성에 대해서 아무런 영향력을 행사하지 않았다.

"후… 은룡문이 지금 보이는 행동은 보이지 않는 제약 때문이야."

"보이지 않는 제약이요?"

"은룡문은 은인자중해야 한다. 그게 심상에 박혀 있지. 현경에 오른 이들도 이 심상에 박힌 심중금제를 떨치지 못한다네. 나 역시 지금도 그 금제와 싸우고 있고."

"허… 뭡니까, 그건?

섭혼술 같은 겁니까?"

"은룡문의 무공은 사람을 강제로 선인으로 만든다. 알고 있겠지?"

"예."

"그 과정 중에 심중금제도 같이 생겨나지."

그걸 신공이라고 불러야 할까, 마공이라고 불러야 할까?

"하지만 나는 참을 수 없었지. 사람들이 하찮은 물건처럼 다루어지며 죽어나가는데 그걸 참으란 말인가? 분노가 그 심중금제를 억누르고, 나를 여기에 있게 한 것이야."

그의 음성은 단단했지만, 장호는 그제야 그의 심정을 알 수 있었다.

"심중금제에 따르는 것은 지극히 편안하고 즐거운 기분이 들게 하네. 고통이 아니지. 도리어 홍복이라고 할 수 있어. 심중금제를 따르지 않으면? 불편하지, 늘 서서 생활한다고 생각해 보게. 다리가 아프겠지? 앉으면 쉴 수가 있는데. 하지만 나는 그렇게 쉴 생각이 없어."

그의 말에 장호는 그저 가볍게 한숨을 내쉬었다.

"어려운 길을 일부러 가시는 겁니까."

"그게 내가 원하는 일이니까."

"그렇군요."

"이번 일은 수고했네. 저쪽에 황제가 없으니, 나 역시 군대를 움직여야겠어. 전쟁은 빨리 끝낼수록 좋지. 영원히 전쟁 따위 일어나지 않는 것이 더 낫겠지만……."

"그럼 저는 어떻게 하면 됩니까?"

"마음대로."

장호는 그의 말에 잠시 두 눈을 꿈뻑거렸다.

"자네 마음대로 하게. 돌아가도 좋고, 여기 남아서 전쟁에 임해도 좋아. 자네는 아직 현경에 이르지 않았음에도 현경에 이른 이와 같은 무위를 가지고 있으니… 그렇게 하면 되네."

"제 일은 진정 끝난 거로군요."

"그렇다네."

"좋습니다. 그러면 뒷일은 폐하에게 맡기도록 하겠습니다. 소신은 이만 물러가도록 하죠."

"수고했네. 이건 진심일세."

장호는 자리에서 일어났다.

그리고 읍을 하고서 막사를 걸어 나왔다.

이로써 장호에게 부여된 일이 한 가지 끝났다.

황밀교와의 일은 어찌 흘러갈지 알 수 없으나, 두고 보면 알게 되리라.

第四章

거자필반(去者必返)

떠난 사람은 반드시 돌아온다.

옛 고사

마차가 천천히 움직인다.

네 마리의 말이 끄는 호화로운 마차의 주변에는 이백여 명정도의 병력이 함께하고 있었다.

그런 마차 안에는 세 명이 앉아 있었는데, 한 명은 바로 의선문주인 장호였다.

그는 지친 표정으로 한숨을 내쉬고 있었고, 그의 앞에는 두명의 여인이 앉아서 서로를 노려보는 중이었다.

마지막 남은 주씨 황가의 혈족인 미령군주.

그리고 화경에 이른 절대고수인 여이빙.

두 명이 서로를 노려보고 있는 것이다.

그 사이에 낀 장호는 내가 왜 이러고 있어야 하나? 하는 표정을 짓고 있는 중이기도 했다.

그렇다고 여기서 미령군주 편을 들 수도 없는 것이, 여이빙은 어쨌든 목숨을 걸고 자신을 도와준 동료였다.

그리고 미령군주 주화영은 어쨌든 그의 아내였고, 이미 합방까지 치른 사이였다.

그러하니 장호가 어느 쪽 편을 든다고 하기 애매했다.

한쪽은 살을 섞은 아내.

한쪽은 목숨을 서로 내맡긴 전우.

게다가, 여이빙은 모르겠지만 장호는 전생에서 여이빙과 살을 섞은 사이이기도 했다.

연인은 아니지만, 친구 이상의 관계.

그래서 더더욱 장호는 곤란한 상황이었다.

"도둑고양이."

"어라라? 누가 도둑고양이일까나? 내 호아는 문파 때문에 누군가와 억지로 혼례를 했던 것으로 기억하는데?"

"흥. 그래도 나는 본부인. 너는 도둑고양이. 주제를 알아."

아주 대놓고 싸우는구나.

장호는 속으로 한숨을 내쉬었다.

장호는 여진족의 황제를 죽이던 때보다도 더한 피로감을

느껴야 했다.

"어이, 두 사람. 조금 진정을……."

"닥쳐."

"닥치지 못하니?"

두 명이 동시에 쏘아본다.

그건 절대고수의 강기보다도 강력해 보였다.

"그래. 내가 죄인이다, 죄인이야."

전생과 현생을 통틀어 이런 일이 생기리라고는 생각도 못했다.

장호는 그저 눈을 감고 말았다.

그리고 눈을 감은 김에 앞으로의 일을 생각했다.

생각해 보면…….

그들의 말이 맞다.

이것은 올바른 역사의 흐름이 아니다.

전생.

장호가 살아가던 그 시대.

그때에 이미 명제국은 멸망하고 청제국이 들어서고 있는 와중이었다.

정확히는 여진족의 황제 누르하치가 후금을 세우는 데 성공하였었다.

황밀교의 음모가 후금의 성립에 관여하고 있었고, 장호는 전생에 영웅들과 황밀교의 본단을 찾아갔다가 함정에 걸려 진환마제가 남긴 사마밀환으로 탈출을 기도하지 않았던가?

물론 그 기도는 기괴하게 달성되었다.

시간이 역행하고, 그 기억을 장호와 제갈화린이 간직했던 것이다.

그렇다면… 본래의 역사는 후금이 세워지고 명제국이 멸망하는 것.

그걸 역행했다.

이렇게 흘러갈 수 있는 걸까?

장호는 고민했지만 알 수가 없었다.

사실 장호 그 스스로도 사마밀환이 무엇하는 물건인지도 모른다.

신선지경에 이르렀다는 전설의 인물인 진환마제가 만들었다는 기물이라는 것밖에는.

그러다가 문득 장호는 옆을 보았다.

여이빙과 기 싸움을 하는 주화영.

그녀는 최후의 황족이며, 흑점주였다.

지금에 와서는 흑점의 조직조차도 와해가 되었지만, 그렇다 해도 그녀가 아는 정보도 꽤 있을 터다.

하지만 그녀가 얼마나 알까?

흑점이 정보 상인도 겸하지만, 주화영이 정보에 정통하다고 보기는 어렵다.

"화영."

"왜 불러?"

"진환마제에 대해서 아는 게 있나?"

장호의 질문에 여이빙은 기 싸움 하던 것을 그만두었고, 주화영은 시선을 장호에게로 향했다.

"진환마제… 알아."

"안다고?"

밑져야 본전이라는 생각에 물었던 것인데 이렇게 이야기가 튀어나올 줄이야?

장호는 놀랐다.

"그래. 그는… 명제국의 건립에 관여했으니까."

"허?"

갑작스러운 이야기에 장호는 놀랐다.

그러고 보면 제갈화린에게 그런 비슷한 이야기를 들은 기억도 있었다.

진환마제.

그는 대체 누구란 말인가?

"원제국이 망하던 당시, 기괴한 선술과 마술, 그리고 사술을 가리지 않고 사용하던 자가 있었어. 후에 그를 진환마제라 불렀지."

"음……."

"그는 태조를 도와 명제국을 건국하는 도움을 주었는데, 태조도 그를 제어할 수 없었다고 전해져. 그리고… 그는 아직 죽지 않았어."

"뭐라고?"

죽지 않았다고?

그렇다면 지금 나이가 못해도 삼백 살이 넘었을 것이다.

아니, 아니……. 사마밀환이라는 것은 시간을 역행한다.

그런 것을 만든 작자라면 삼백 년을 살아남는 것 정도는 대수로운 일이 아닐 수도 있었다.

장호는 그렇게 생각하며 이야기를 들었다.

"그가 남긴 물건이 있어. 사마밀환과 비슷한 거야."

"그게 무엇이지?"

"옥새."

"옥새? 어째서……."

"그가 태조에게 옥새를 주며 말하기를, 옥새가 자신의 생존 증거이니 잘 가지고 있으라고 했다지. 실제로 옥새는… 무슨 짓을 해도 파괴되지 않아. 흠집도 나지 않지."

"음……."

무슨 짓을 해도 부술 수 없다라?

장호는 속으로 진환마제라는 자가 역시 엄청난 인물임을

알 수가 있었다.

"황궁 최고 고수… 대영반이 나서서 강기를 두른 신검합일의 검으로 수차례 가격해도 멀쩡했어."

"허……."

강기가 서린 검으로?

화경에 이른 이는 강기를 쓴다.

현경에 이른 이는 그다음 단계인 강환과 무형지기, 그리고 이기어검을 쓸 수 있다고 알려져 있다.

강기는 기가 강하게 결집한 것으로, 같은 강기가 아니라면 그 어떤 물체라도 파괴할 수 있는 무시무시한 파괴적 힘의 총아이다.

거기에 더해서 신검합일의 경지에 이른 검격은 강기가 없더라도 보통의 검으로 금석을 두부처럼 자를 수 있으니, 검강을 두른 신검합일의 검격이라는 게 얼마나 무시무시한 공격인지 알 수 있으리라.

장호의 육신은 생육선의 단계에 이르러 검강이라 할지라도 약간의 상처를 입는 수준이나, 신검합일의 경지에 든 검사가 검강을 동시에 사용한다면 치명상을 입을 수 있을 것이다.

물론 아직 그러한 수준의 강자를 만난 적은 없다.

또한 그런 강자의 일격을 순순히 맞아줄 장호도 아니긴 하다.

그런데 그런 것으로 수차례 가격했음에도 멀쩡했다라?

그것은 확실히 보통의 기물은 아닐 것이다.

"그러고 보니… 사마밀환과 연관이 있다고 했었지?"

"그래. 그것 때문에 물어본 거야."

장호의 말에 주화영은 고개를 끄덕인다.

"진환마제는 말했다시피 사술, 선술, 도술, 마술을 가리지 않고 온갖 술법에 정통해 있는 자라고 해. 사마밀환도 그렇게 만든 것이고. 그는 자신의 힘의 근원을 마법(魔法)이라고 했다는데, 그게 무엇인지 아는 이는 없어."

"출처를 모르는 힘이라는 거군?"

"그래."

"그는 사마밀환을 왜 남겼을까?"

"그의 의지야."

"뭐?"

갑자기 웬 의지?

장호는 의아심이 들었다.

"제갈세가에서도 모르는 이야기겠지만… 그건 그가 자신의 후계자를 만들고자 만든 기물이야. 그가 가진 능력의 정수가 담겨 있다고 해. 그것은 '자아'가 있어. 그게 주인을 선택해. 그리고 진환마제가 남긴 힘을 손에 넣을 수 있어."

"음……."

"이른바 무공 비급 같은 건가?"

"비슷하지만 조금 달라. 비급이기도 하고, 영약과 같은 것이기도 하다고 했으니까."

"꽤 많은 이야기가 남아 있군."

"태조와 교류가 있었으니까."

그녀는 그 이후에 진환마제에 대한 이야기를 몇 가지 더 해 주었다.

그러나, 그다지 쓸모 있는 정보가 없었다.

장호는 그런 정보들을 취합해서 생각했다.

사마밀환이 주인을 고르는 신기(神器)라면, 그것을 제갈세가에서 몰랐을 리는 없다.

그렇다면… 천둔금쇄진에서 사마밀환 안에 내재된 힘을 강제로 끌어내어 진을 파괴하려고 했었을 터.

그 결과 기괴하게 시간 축이 뒤틀어져서 시간 역행을 하고 만 것이다.

다른 이들은 사마밀환의 주인을 장호 자신으로 알고 있지만, 사실 여기서 생각해 볼 만한 점은 한 가지 더 있다.

바로 제갈화린도 사마밀환에 의해서 기억을 유지하고 있다는 것.

물론 장호가 그녀를 만나기 전에 그녀는 제대로 된 각성을 하지 못했다지만, 그런 건 중요한 것이 아니다.

어쩌면… 그녀가 진짜 사마밀환의 주인일 수도 있다.

'현경에 이른 이들은 시간 역행에서도 자신의 기억을 지켜냈다고 하는데……. 변수가 많군.'

장호는 여러모로 골치가 아팠다.

그러다가 고개를 내저었다.

남은 일은 어차피 그들의 몫이다.

실제로 그들은 암중에서도 계속 싸우고 있지 않나?

황밀교의 사대호법.

그리고 은룡문의 사람들과 은룡문 출신이나, 은룡문을 나온 이들.

이자성이 바로 그들 중 하나였다.

어찌 보면 천하는 그들 흑막 뒤에 있는 이들의 싸움에 휘말린 꼴이다.

지금에 와서 더 이상 장호가 그들 사이에 끼어서 할 수 있는 일은 이제 없다.

"후우… 생각 좀 해봐야겠군."

장호는 그리 말하고 눈을 감았다.

여이빙과 주화영은 그런 장호를 배려해 더 이상 싸우지 않았다.

그리고 장호는 홀로 눈을 감고 생각했다.

그들의 싸움에 끼어들지 않는다.

그것은 옳은 결정이겠지.

하지만…….

그렇다 할지라도 준비를 하지 않을 수 없다.

그 역시 현경에 올라서야만 한다.

*   *   *

장호, 그리고 호위 병력과 여이빙, 미령군주는 무사히 터전인 산서성에 도착했다.

명제국이 멸망하고 새로운 제국이 들어섰음에도 산서성은 평온했다.

아니, 다른 지역에 비해서 더 부유하게 살고 있다고 해도 과언이 아니었다.

내전이 일어나기 전에도 세상에는 식량이 부족해서 아사자가 넘쳐났었다.

부패한 명제국의 탐관오리들이 중간에 백성들을 수탈했기 때문이다.

부패 관료들뿐이랴?

무림방파에서부터 부정한 방법으로 재물을 모으는 상인까지.

세상에 도덕과 선함은 크게 사라져 있는 상태였다.

그러다 보니 의선문이 완전히 장악하여 질서를 수립한 산서성은 다른 지역에 비해서 풍족하게 살 수밖에 없다.

가장 고무적인 점은 식량 생산량이었다.

산서성은 사실 농사를 짓기에 썩 훌륭한 지역은 아니다.

기온은 춥고, 물이 풍족한 것도 아니었으니까.

하지만 그런 산서성이지만 약초를 재배하기에는 적합하다.

장호는 의선문의 문주로서 약초의 상권을 전부 틀어쥐었고, 의선문의 의술로 상승의 단약을 만들어 판매했다.

그렇게 벌어들인 막대한 자금으로 산서성 전역의 땅을 구입하고 개간을 하여 농토를 늘렸던 것이다.

그 결과 산서성은 기후 조건과 지형 조건이 그리 좋지 않음에도 현재 중원 최대 곡물 생산량을 보이는 중이었다.

산서성의 인구 전체가 먹고도 몇 배나 남을 정도로.

그러한 식량들은 외부로 팔려 나가고 있는 중이다.

내전이 일어나기 전에 판매되던 저렴한 가격 그대로 판매하고 있어서 산서성 주변 지역인 섬서, 하북, 하남의 3개의 지역의 안정에도 크게 공헌하는 중이었다.

아니, 공헌 정도가 아니다.

의선문의 영향력은 빠르게 섬서, 하북, 하남을 집어삼키는 중이다.

이미 하북의 경우 이자성과 손을 잡으면서 거의 팔 할의 상권을 집어삼켜 최대 세력이 된 지 오래.

그뿐인가?

섬서성에서의 상권은 삼 할을, 하북에서의 상권은 오 할을 집어삼켰다.

즉, 의선문은 금마장과 비등한 수준의 재력을 손에 넣은 문파로 거듭난 것이다.

거기다가 금력과 더불어 세력의 크기는 천하제일이다.

무인의 수는 이제 계속해서 불어나 무려 삼만여 명에 달했다.

절대고수.

혹은 초고수라고 부를 인물의 수는 적긴 해도 일단 숫자 자체가 어마어마한 수준에 이른 것이다.

또한 이자성과 손을 잡으면서 산서성의 군권과 행정권 모두 장호의 손에 떨어져 있다.

산서성에 주둔한 군세를 좌지우지할 수 있으며, 관리들의 부정부패를 단속할 권한이 그에게 있는 것이다.

그 덕분일까?

의선문의 무인들은 전부 군대로서의 훈련도 받고 있었으며, 관군에만 허용된 무기들도 허용되어 있었다.

이는 사실상 반역이라고 봐도 좋은 일이지만, 이미 명제국이 멸망하고 이자성이 새로운 나라를 세웠기에 그 누구도 무어라고 말하지 않고 있었다.

아마도 이자성은 누르하치와의 전쟁을 끝낸 이후 이 군권을 회수하려고 하는 것이겠지만, 그것도 장호로서도 좋은 일이다.

여하튼 그런 상황에서 장호가 귀환했다.

이는 황제는 아니더라도, 왕의 귀환이나 다름이 없는 일이기도 했다.

사실 명제국이 멸망하기 전이라면, 장호는 실제로 왕이긴 하다.

황족의 일인인 미령군주와 결혼하였으니, 왕부를 열 자격이 있는 셈이다.

지금이야 명제국의 멸망으로 그런 건 아무래도 상관없는 상태가 되었지만.

그래도 명제국의 정통성을 가장 크게 잇고 있는 이가 장호인 것이다.

"무사히 돌아오셔서 다행입니다."

"내가 없는 동안 수고해 주셔서 감사합니다, 유 총관."

"별말씀을."

장호를 가장 먼저 맞이해 준 것은 바로 유병건이었다.

의선문의 외총관이라는 직책을 지닌 그는 여러 행정적인

업무나 대소사를 관장하고 있었다.

즉, 과거보다 권한도 커지고 일하는 양도 무시무시하게 증가했다.

그의 휘하에서 일하고 있는 학사들만 해도 그 수가 이제는 이백여 명이 넘는 수준이다.

"임 총관은 어디 있습니까?"

혈서생 임진연.

그는 의선문의 내총관이라는 직책으로 활동한다.

그는 의선문의 은밀한 일들에 관여하고 있으며, 유병건과 같이 어마어마한 권력과 권한을 가지고 있었다.

"임 총관은 정보를 확인차 잠시 자리를 비웠습니다."

"그 일이 끝나면 오라고 해주십시오."

"그렇게 하겠습니다. 황제와의 대담은… 잘 끝내셨습니까?"

"잘 끝났지만… 일단 그 이야기는 안에서 합시다."

"예."

유병건은 그리 대답하고서 장호와 함께 안으로 들어갔다.

그사이에 여이빙은 귀빈용 객실로 안내되었고, 주화영은 안채로 들어갔다.

안쪽 회의실에 들어선 장호는 유병건과 마주 앉았다.

시비가 들어와 차를 내놓고, 다과를 늘어놨다.

장호는 달달한 당과를 하나 집어서 먹으면서 물었다.

"현재 본 문의 무인들 수준은 어떻습니까?"

"가장 나약한 이들이 이류무인이라고 보고를 받았습니다."

"이류는 된다 이건가……."

이류.

강호에서는 흔하다.

하지만… 사실 이류무인이 되는 것도 쉬운 일은 아니라는 것을 장호는 잘 알고 있었다.

이류를 가르는 기준은 보통 내공 10년을 기준으로 한다.

내공이 10년 치가 있느냐, 혹은 없느냐?

일류부터는 적어도 반 갑자의 내공을 가져야 했고, 어디 가서 절정의 고수라고 칭하려면 일 갑자 정도의 내공은 있어야 했다.

초절정의 경지는 내공의 유무보다는 검기의 다음 단계인 검사(劍絲 : 검기를 실처럼 만들어내는 기술)를 쓸 수 있느냐로 나뉘기는 하지만.

그런 이유로 이류무인부터는 충분히 탈인간의 경지라고 할 수 있다.

보통의 사람은 육체적인 단련을 통해서 근력과 반사 신경을 일반인에 비해서 약 오 할에서 십 할 정도까지는 늘릴 수가 있는데, 그런 단련한 인간이 십 년의 내공을 가지고 있다면 일시적으로 몇 배에 달하는 힘을 내게 된다.

물론 그런 힘을 내기 위해서 내공이 소모되지만, 여하튼 이미 충분히 초인이라고 할 만했다.

이류무인만 되어도 군에 들어가 하급 간부인 십인장은 될 수 있으니 이것도 쉬운 일은 아니었다.

"일류는 얼마나 됩니까?"

"준영약과 내공 보조제를 꾸준히 공급하여 그래도 상당한 진전을 보였습니다. 현재 일류 수준의 무인의 수만 적어도 1만5천여 명입니다."

"든든하군요."

"모두 문주님께서 이끌어주신 덕분이지요."

일류무인이 1만5천 명!

정말로 강호 최대 세력이라고 해도 과언이 아닌 숫자였다.

보통 구대문파나 팔대세가 중에서 가장 큰 세력을 자랑하는 곳이 총합 3천여 명의 무인을 보유하고 있는 정도이다.

게다가 그런 명문대파라고 해도 일류 수준의 무인은 그 삼분의 일에 불과했다.

일류무인 일천여 명 정도가 한계라는 의미다.

그런데 일류무인만 1만5천에 달하다니?

이는 반 갑자의 내공을 지닌 이가 그만큼이나 된다는 의미였다.

게다가 이들은 일대일의 전투나 비무보다는 집단전에 대한 훈련을 어마어마하게 받은 자들이다.

숫자가 많을수록 이들의 능력은 더욱 강력해진다.

"말은 얼마나 모았습니까?"

"전투마 2만 필은 이미 확보해 두었습니다."

"좋습니다. 대순제국이 들어섰고, 이자성에게 이 지역의 자치권을 허락받았으나 그렇다고 해서 무장해제를 할 수는 없는 노릇이죠. 이대로 계속 진행해 주시기 바랍니다."

"예, 문주님."

그렇게 둘이 이야기를 하고 있을 때였다.

"내총관님이 오셨습니다."

시비의 목소리가 울리고 난 후 임진연이 문을 열고 들어왔다.

그는 들어오자마자 장호에게 깊이 읍을 하였다.

"무사히 돌아오셔서 다행입니다, 문주님."

"갈 만하니까 간 거지. 이리로 와서 같이 이야기하자고, 임총관."

"예."

그는 고개를 들은 후 유병건에게 가볍게 묵례를 하고는 자리에 와 앉았다.

"방금 문파의 상황에 대해서는 이야기를 들었어."

"그렇습니까?"

"최소 이류인 무인의 수가 4만. 일류에 들어선 이들이 1만 5천. 거기에 더해서 절정에 오른 최정예 무인들의 수는 3천."

3천여 명의 절정 무인.

이는 강호의 대문파들 몇 개를 합쳐야 되는 숫자였다.

"초절정의 경지에 이른 이들은 현재 몇이지?"

"저를 포함해서, 현재 스무 명입니다."

"초절정의 수는 적군……. 보통 대문파에 초절정의 무인이 스무 명 정도이니까."

"예. 확실히 초절정부터는 역사와 전통을 무시할 수 없으니까요. 절정까지는 어떻게 양산이 가능하지만, 여기서부터는 시간 싸움입니다."

초절정의 경지.

검기 다음인 검사의 경지는 깨달음이 없다면 힘들었다.

"게다가 대문파의 경우 화경에 이른 이들이 적으면 셋. 많으면 다섯 이상입니다만, 본 문은 문주님을 제외하면 누구도 화경에 이르지 못했습니다."

"그만큼 장비와 숫자로 방비하고 있기에 저희와 겨루기 위해서는 명문대파 여섯 정도는 합쳐야 하니, 그 부분은 안심해도 된다고 판단하고 있습니다."

임진연과 유병건의 말을 들으며 장호는 생각에 잠겼다.

"전술과 전략적 훈련은 어떻지?"

"만전을 기하고 있습니다. 같은 수의 무인들이 상대라면 백전백승을 자신할 수 있지요."

임진연의 대답에 장호는 고개를 끄덕였다.

이류와 일류무인의 수만 4만5천에 달한다.

그들이 모두 관군의 전략 전술적 전투법에 능숙해졌다면, 어마어마한 위력을 가진 군대라고 보아야 했다.

"다들 궁, 창, 방패, 검의 네 가지 무기를 자유자재로 다루고 있고, 다들 내공이 순후하여 일반적인 병력과는 질이 다릅니다. 여기에 기마술을 추가적으로 더하면……."

"무적의 군대라고 해도 과언이 아니다?"

"그렇습니다, 문주님."

임진연의 대답에 장호는 고개를 끄덕였다.

물론 이렇게 많은 군대라고 해도, 현경에 이른 존재에게는 아무런 쓸모가 없긴 하다.

현경에 이른 자는 수적 우위로 어쩔 수 있는 존재가 아니니까.

장호 스스로만 해도 현경에 이르지는 못하였지만 생육선의 경지는 현경에게도 견줄 수 있을 정도다.

실제로 이자성과 겨루어봄으로써 그 힘을 확인한 바가 있었다.

게다가 남방의 독선에게 심독을 당한 것을 이겨내는 과정에서 비록 현경에 이르지는 못했으나, 화경을 넘어서긴 했다.

지금 장호의 능력은 현경과 화경의 중간 단계쯤일 것이다.

사실 이것만으로도 천하에서 적수가 거의 없었다.

강호십대고수 중에서도 천하삼존이 현경에 이르렀다는 평가가 있지만, 그들에 대해서는 장호도 자세히 아는 바가 없었다.

정사전쟁이 일어난 지금에 와서도 그들은 모습을 드러내지 않는다.

그들은 본래 황밀교의 난 때 모습을 드러낸 바가 있었는데, 황밀교의 사대호법과 싸우다 죽었다고 알려져 있었으니까.

사실 지금은 전생과 많은 것이 달라져 있었다.

이자성의 난이 일어난 시기도 전생보다 빨랐고, 황밀교는 난을 일으키지 않고 아직도 조용한 상태이기 때문이다.

물론 황밀교의 초병인 사파들을 거의 대부분 쓸어버리긴 했지만, 황밀교의 전력이 그 정도가 아니라고 장호는 생각했다.

남방의 독선이 한 이야기가 진짜라면, 필시 황밀교는 강호 전체를 상대하고도 남을 능력을 가졌을 것이다.

그들이 모습을 드러내지 않는 이유는 뭘까?

아마도 은룡문일 터.

은룡문의 오대당주 중 하나인 금마당의 당주 역시 현경이었다.

그리고 현경에 이른 자는 시간 회귀를 견디어내었다고 한다.

오대당주라고 했으니, 다섯 명의 현경에 이른 자가 있을 수도 있다.

현경에 이른 이가 이렇게 많은 건가?

천하삼존의 세 명.

황밀교의 사대호법 네 명.

그리고 은룡문의 오대당주 다섯.

아니… 황밀교의 교주와 은룡문의 문주를 포함하면 적어도 둘은 더 있다고 보아야 했다.

현경에 이른 존재만 무려 14명인 것이다.

이들 중 은룡문주와 황밀교주는 특히 다른 이들보다 강할 수도 있었다.

문파의 주인은 그에 걸맞은 힘을 가지고 있으니까.

그렇다면 그들은 현경 이상의 경지에 오른 것인가?

현경조차도 실제 강호사에 백 년간 나타난 적이 없다고 했다.

천하삼존이 현경에 이르렀다는 풍문은 있으나, 그것이 진실인지도 모르는 상황이지 않던가?

때문에 장호는 의선문의 세력을 최대한 강화했다.

천하가 혼란한 이때에 금마전장을 제외하면 중원 최대의 부를 축적한 곳이 바로 의선문이다.

또한 부마도위의 직위로 산서성의 관부와 군부를 모두 틀어쥐어 이제 산서성은 완전히 장호의 것이 되었다.

고대 춘추전국시대의 왕이나 다름이 없는 것.

중원 전체의 인구는 약 4천만 명 정도로, 그중 산서성의 인구는 본래 2백만이 안 되었으나, 지금은 전란과 환란으로 인해서 4백만 명으로 늘어나 있었다.

산서성이 다른 지역에 비해서 압도적으로 평온하고 살기 좋은 까닭이다.

거의 두 배 가까이 는 것.

이 중 백만여 명에 달하는 사람이 의선문의 토지에서 소작농으로 살고 있었으니, 그 영향력은 가히 상상 이상이라고 할 만했다.

산서성에서는 사람 하나만 건너면 전부 의선문과 연계되어 있을 정도였으니까.

하지만 그럼에도 불구하고 장호로서는 불안했다.

열네 명의 절대자.

그들 중 하나만 움직여도 이러한 평화는 깨질 수가 있다.

그들은 기이하게도 전면에 나서지 않으나, 그들이 암살만 행한다 해도 평화가 무너지는 것은 금방이라고 보아야 했다.

'결국 현경의 경지에 어떻게든 올라야 한다.'

장호는 속으로 그렇게 되뇌었다.

"보고는 잘 받았습니다. 하루를 쉰 후. 내일모레부터는 차후 본 문의 방향에 대해서 논의할 것이니 준비를 하고 와주시기 바랍니다."

"명을 받듭니다."

유병건과 임진연은 포권을 해 보이고는 방을 나섰다.

第五章

흐름

모든 것은 정체되어 있지 않고 끊임없이 움직인다.

어떤 철학자의 말

장호는 의선문에 되돌아온 이후, 세력을 더 강화하고 천하 정세를 살피는 데 주력하기로 했다.

장호의 두 제자 역시 의선문의 정통을 이어 선천의선강기를 수련한바, 장호만큼은 아니지만 상당한 수준의 단약을 제조할 수 있게 되었다.

둘 다 무예가 출중했고, 이대로 장성하면 차대 의선문의 영화는 문제가 없으리라고 보았다.

물론 아직 장호의 나이는 젊다.

때문에 의선문은 차후 적어도 오십 년 이상은 장호가 집권

하게 될 것이니 후계 문제를 논할 계제가 아니기는 했다.

그런 와중에서, 강호의 정세는 빠르게 변화하고 있는 중이었다.

정의맹은 세력을 부풀리고 있었고, 정의맹과 같은 연합체가 몇 개 더 생긴 것이다.

남무맹.

철무련.

도검림.

이 세 개의 세력이 생겨난 것.

남무맹은 남쪽을 기반으로 한 문파들이 세운 것으로 남해검문이 주축이었다.

철무련은 팔대세가의 몇몇이 모여서 만든 곳이었고, 도검림은 과거의 구파일방 중 몇몇이 뭉쳐서 만든 단체였다.

그러나 내적으로 보면 정의맹이 가장 강력한 집단이었다.

왜냐하면 천하십대고수 중 네 명이 이곳에 속해 있으니까.

그들은 혼란에 빠진 그들 지역을 안정시키고, 이자성의 대순제국의 체제에 순응하며 세력을 확장했다.

이미 대순제국의 군대는 지방 관리들의 수탈을 엄격히 금지하고 있었기 때문에, 반란이 일어났다고는 믿을 수 없을 정도로 빠르게 안정화되어 가고 있었다.

사실 명제국 때보다도 삶이 더 나아졌기 때문에, 민초들은 대순제국의 황제인 이자성에게 찬사를 보내고 있는 중이었다.

구 명제국의 충신들은 이러한 세태를 못마땅해했으나, 그들이 충신이라고 해도 부정할 수 없는 사실이 하나 있었다.

명제국이 썩었다는 것.

그러나 국가에 무조건적인, 맹신에 가까운 충성을 하는 이들은 존재했고, 그들의 충성심과 과거의 영화를 잊지 못한 부호와 권력자들이 합세하여 반란 세력을 만드는 것도 필연이었다.

반순복명을 외치는 집단인 천지회가 생겨난 것이다.

문제는 아직 여진과의 전쟁은 끝나지 않았다는 것으로, 현재는 소강상태일 뿐이다.

물론 여진의 황제 누르하치는 장호의 손에 죽었다.

전쟁은 곧 끝날 것이다.

그렇다면 그 이후에는?

황밀교가 다시 난을 일으킬까?

장호는 알 수 없다고 생각했다.

황밀교의 사대호법인 남방의 독선에게 이미 이야기를 들은 것이 있기 때문이다.

그들은 흐름을 거스르지 않을 거라고 했다.

그들 스스로의 생존을 위해서.

그것이 거짓인지 진실인지는 알 수 없으나, 그렇다고 거짓이라고 보기에도 이상했다.

오리무중.

미래의 일은 이제 장호로서도 알 수가 없다.

전생에서는 이러한 고민조차 하지 못했었지만.

"이제… 앞으로는 어떻게 할까."

장호는 지도를 바라보면서 조용히 생각했다.

미래를 알고 있는 이는 장호 외에도 꽤 있었지만, 그들은 어째서인지 역사를 바꿀 생각이 없어 보였다.

있다면 이자성 정도.

금마당주의 말이 맞다면, 현경에 이른 이들은 시간 회귀를 견디어냈을 거다.

그렇다는 것은 이자성 역시 시간 회귀를 견디어냈다는 것.

그렇다면 그는 왜 역사를 바꾸려고 한 것인가?

"이자성을 만나봐야 하나……."

장호는 잠시 생각을 정리했으나 고개를 내저었다.

지금 자금성으로 가는 것은 시기가 좋지 않다.

대순제국은 아직 태동기이고, 비록 누르하치가 죽었다고 하지만 후금제국 역시 건재하다.

그렇다면 역시 할 일은 단지 하나뿐.

산서성을 누구도 넘보지 못할 공간으로 만드는 것.

그리고 장호 스스로가 현경에 이르는 것!

＊　　　＊　　　＊

"화산파에 가시겠다는 말씀이십니까?"

"그래."

임진연.

그는 장호의 부름에 문주실에 와 있었다.

"신공절학의 무공 비급을 볼 필요가 있어."

"어떤 연유인지 알 수 있을까요?"

임진연의 눈에는 의문이 가득했고, 그런 그에게 장호는 고개를 끄덕이며 말해주었다.

은룡문과 황밀교. 그리고 이자성에 대한 이야기까지.

이는 강호에서도 아는 이가 거의 없는 은밀하고 비밀스러운 이야기였다.

그 이야기에 임진연은 어마어마한 충격을 받은 듯했다.

"제가 모르는 곳에서 그런 일이 일어나고 있었군요……."

"천외천의 이야기지."

"하… 세상을 뒤에서 조종하는 이들이 있었다니. 현 강호는 아무것도 아닌 겁니까?"

"의미는 있어. 그들은 어차피 전면에 나서지 않는 이들이니까."

"그렇군요. 흐름이라… 그건 일종의 천명 같은 걸까요? 그럴 겁니다. 맞아요. 천명, 하늘의 의지. 그게 역사의 흐름이라면……."

임진연은 방을 돌아다니면서 생각에 잠겼다.

"그렇다면 말이 돼. 명제국의 멸망이 천명이라면… 잠깐. 그렇다면 이자성은 왜……."

임진연은 장호가 이제야 생각해 낸 것까지 짐작한 모양이었다.

그런 모습을 지켜보며 장호는 차분히 기다렸다.

"대략 이해했습니다, 문주님. 그렇다면 문주님께서는 가장 중요한 무력 확보를 하려는 것이군요."

"그래."

"하지만 그들의 말이 진실이라면 현경이 되시는 순간 문주님께서는 아무것도 못 할 가능성도 존재합니다."

"그럴지도 몰라. 하지만 되어야만 해. 현경이 되면 이기어검과 강환을 자유자재로 쓰며 심검을 쓸 수 있다더군. 실제로 남방의 독선이라는 자는 심독으로 나를 중독시켰잖아?"

"심검… 전설상의 이야기군요."

이기어검은 화경의 경지에서도 어느 정도 구현이 가능하다.

그리고 강기를 부수는 힘이라고 알려진 강환의 힘도 어느 정도 발현이 되었다.

무공 이론의 발전이 이룩한 성과였다.

하지만 심검이라니?

전설에나 있는 경지이니, 이를 사용한다는 것은 어마어마한 것이었다.

"그들이 나서면 모든 것이 물거품이 될 수도 있어. 그러니… 설사 내가 아무것도 못 하게 되는 처지가 될지라도 현경이 되어야만 해."

"음… 억제력입니까."

"그래."

"그래서 신공절학이 비급을 봐야 한다라……."

"현재 대순제국이 들어서며 흑점 역시 가동이 중지되었다. 흑점의 지부를 담당하고 있던 자들은 토착 문파에 자신들의 물품을 바치고 흡수 통합되었지. 그러하니 우리로서는 전통 있는 명문대파를 찾아야 해."

"가장 가까운 화산파군요."

"그래."

화산파.

중원오대검파 중의 하나이다.

무당파, 화산파, 남궁세가, 모용세가, 해남파는 검에 있어서는 타 문파와는 격이 다르다는 평가를 받아왔으니까.

그러나 화산파에는 천하십대고수가 없다.

그리고, 장호는 이미 천하십대고수 중의 하나로 불리고 있다.

게다가 세력 면에서도 화산파는 현재 의선문의 상대가 되지 않는다.

과거에는 의선문이 화산파의 덕을 보았다면, 지금은 의선문이 화산파를 밀어줄 정도다.

실제로 화산파는 의선문의 도움을 받아 그들이 자리한 섬서성에서 종남파를 밀어내고 세력을 확장하는 중에 있었다.

"그게 우선이라면 그렇게 하셔야겠죠. 그렇다면… 산서성의 흑점은 어쩌시겠습니까?"

"흑점주의 이름으로 이쪽으로 오라고 해. 말을 안 들으면 토벌해 버리고."

"알겠습니다."

장호의 말에 임진연은 깊이 읍을 하였고, 명령을 실행하기 위해서 준비했다.

*　　　*　　　*

머칠 후.

장호는 화산파로 출발했다.

수하 하나 없이 혼자의 몸으로 출발했는데, 그것은 이동 속도 때문이었다.

장호의 내공은 마르지 않는 수준이고, 그 육체는 천리마보다 빠르기 때문이었다.

경공을 극성으로 발휘하여 달리니, 그 속도가 어마어마했다.

그러자 곧 섬서의 경계에 도착했고, 장호는 그대로 화산으로 가려고 했다.

그러나, 생각지도 못한 일들이 장호를 기다리고 있었다.

산서성에서 섬서성의 화산파로 가는 가장 빠른 방법으로는 남서쪽으로 가다가 하진(河津)이라는 포구에서 배를 타는게 가장 빨랐다. 하진이 접한 강이 바로 중원의 이 대 강 중하나인 황하강이기 때문으로, 여기서 배를 타고 화산 인근까지 주욱 갈 수 있었다.

황하강과 장강은 중원의 가장 큰 강으로 중원의 젖줄이라고까지 불린다. 워낙 크고 넓은 강이라서, 유서 깊은 수적들의 터전이기도 했다.

황하수로십육채.

장강수로십팔채.

이 두 집단이 바로 이 황하강과 장강에 터를 잡고 있는 이들이기도 했다.

하지만 적어도 하진 인근의 황하강에서는 수적이 모습을 감추었다.

의선문의 힘 때문이다.

그렇기에 장호도 별생각 없이 배를 탔는데, 얼마 지나지 않아서 어이없는 모습을 보게 되었다.

산서성 지역을 벗어났다고 판단되자마자 양옆에서 수적이 나타난 것이다.

"우리는 수어채의 호걸들이시다! 모두 멈추어라!"

작은 고깃배 여러 채를 타고 나타난 그들은 제법 무공을 익힌 듯 보였다.

수적치고는 제법이라고 해야 할까?

선장이 나서서 포권을 해 보였다.

약간 배가 나왔지만, 뱃사람 특유의 강인함이 엿보이는 선장이 우렁우렁하게 소리쳤다.

"황하강의 호걸들께서 직접 마중을 오시니 감사하오이다. 여기 통행료를 드릴 터이니, 잘 봐주십시오."

그러고는 돈 주머니를 던지니, 수적의 우두머리가 그걸 받아서 열어보니 안에서 금자가 열 개나 나왔다.

장호가 보기에 결코 적은 금액은 아니었다.

적어도 금자로 열 냥은 된다.

"흥! 이 정도로 이 호걸 어르신들을 물릴 생각이냐?"

금자 열 냥을 보고도 그들은 물러서지 않았다.

장호는 한숨을 내쉬었다.

휘릭.

손을 뒤집고, 그 움직임은 용을 닮는다.

이것은 장호가 그동안 긁어모은 무공 중 하나로 반룡장법이라고 하는 무공이었다.

상승절학 중 하나로, 장력에 특화된 무공이다.

기운을 방사하는 것에서부터, 한 점으로 집중하는 것까지 자유자재인 장법으로 상당히 쓸 만했다.

펑!

큰 폭음과 함께 황하강의 호걸이라고 자칭한 자의 배가 폭발해 버렸다.

"으아악!"

"감히 본좌의 앞을 막다니 죽고 싶으냐! 썩 꺼져라!"

육합전성으로 사방에서 소리가 메아리치게 만들자, 수적들이 노를 저어 빠르게 도망가기 시작했다.

장호는 그 꼴을 보며 한숨을 내쉬었다.

*   *   *

"망국의 상태가 이런 거로군."

장호는 한숨을 내쉰다.

벌써 몇 번째 수적을 만나는 건지 알 수가 없었기 때문이다.

방금 전에는 무공도 안 익힌 어중이떠중이들이 막아서고 있었고, 장호는 언제나처럼 육합전성과 허공을 격하고 때리는 격공장의 수법으로 그들을 도망치게 만들었다.

장호는 전생에 전쟁 와중에 죽었었다.

황밀교의 난은 이자성의 난과 같이 일어났고, 사실 반란이 성공했는지 안 했는지는 장호도 몰랐다.

현생에서 황밀교의 말대로라면 이자성의 반란이 성공하느냐 마느냐는 사실 중요한 문제가 아니라고 했다.

중요한 것은 명제국이 멸망하고, 여진족에 의해서 중원이 정복당하는 것이 본래 역사의 순리라는 것이다.

대체 그놈의 순리는 무엇인가?

장호는 그걸 알기 위해서라도 현경이 되어야겠다고 생각했다.

"도착이다!"

배가 드디어 포구에 닿았다.

여기서부터는 이제 섬서성이다.

그리고 화산은 여기서 이틀만 가면 나오는 거리에 존재한다.

물론 평범한 사람의 걸음으로 따져서 이틀이다.

장호로서는 세 시진 정도면 주파가 가능한 거리였다.

배가 선착장에 정박하고, 장호는 널빤지를 건너 포구에 내려섰다.

여기서부터 경공을 쓰면 주변 사람들의 이목이 쏠리므로, 장호는 평범한 걸음걸이로 포구를 벗어났다.

타타타탓.

그리고 단번에 질주한다.

가속하고, 가속해서 천리마를 능가하는 속도로 달렸다.

그러나 그렇게 달리던 장호는 한 시진 정도를 내달린 이후 멈추어 서야 했다.

"으아아악!"

캉! 카캉!

병장기가 충돌하는 소리.

그리고 사람이 내는 비명이 장호의 귀에 들려온다.

장호는 산중으로 이어지는 길을 단번에 넘어, 소리의 진원지로 향했다.

그곳에서는 지옥의 한 단면이 펼쳐지고 있는 중이었다.

산적으로 보이는 이들이 표사들과 전투를 벌이며 도망치는 쟁자수와 길을 가고 있던 여행객, 소상인들을 죽이고 있었다.

이미 표사들의 반수 이상은 시체가 되어 있었고, 소상인과 여행객들도 다수 죽었다.

그리고 얼마 안 있으면 표사들은 전멸할 것으로 예상되었다.

그도 그럴 것이 산적의 수가 거의 백여 명이나 되었지만, 표사들의 수는 죽은 이들을 합해도 열 명이 채 안 되고 있었다.

백여 명이라.

이 정도 규모면 상당한 수준이다.

무공을 사용하지 않아도, 사람을 죽이는 것을 대수롭지 않게 생각하는 산적이 백여 명이면 흉악한 무리가 된다.

장호는 한숨을 내쉬면서 두 손을 뻗었다.

콰르르릉!

일부러 큰 소리가 나는 장력을 사용하여 보부상을 덮치던 산적의 머리를 박살 냈다.

그 거대한 굉음에 모두의 시선이 장호에게로 향했다.

"멈춰라!"

우르르!

장호의 외침에 산적들과 표사들의 움직임이 멈추어졌다.

장호의 목소리에 실린 가공할 위력에 내부가 진탕된 탓이다.

장호도 화경에 이른 이라서, 내공을 조절하여 일반인들이 다치지 않게 하는 것 정도는 가능 했다.

"제, 젠장! 튀어!"

산적들은 영리했다.

장호의 무위를 보더니 그대로 도망을 치기 시작한 것이다.

장호는 그들을 그대로 놔두어봤자 해악밖에 되지 않는다고 보았다.

파파파파팟!

콩을 볶는 듯한 소리가 장호의 손에서부터 일어났다.

지풍이 연달아 쏘아지면서 생겨난 현상이었고, 달아나던 이들 중 절반 이상이 몸에 구멍이 나면서 쓰러져 버렸다.

도망치는 놈들을 쫓아갈 생각은 하지 않았다.

이 정도만 해도 백여 명이나 되는 무리가 와해되는 데에는 충분하기 때문이다.

그들이 더 큰 해악을 끼치지 못하게 할 생각일 뿐이었지, 그들을 모조리 죽일 생각은 아니었다. 장호는 그들을 심판할 이유도 근거도 없었다.

장호는 한숨을 내쉬면서 다친 이들에게로 다가갔다.

그러다가 익숙한 기운을 느낄 수 있었다.

표사 중 두 명에게서 화산파의 기운이 느껴진 탓이다.

"고인의 도움에 감사드립니다."

"허례허식은 괜찮으니, 환자부터 봅시다. 이래 봬도 의원이오."

"의원… 헉! 혹시……."

화산파의 기운을 가진 표사 두 명 중 하나인 조금 넓적하게 생긴 사내가 놀란 표정이 되었다.

"의, 의선문의 문주님 되십니까?"

"맞소."

장호는 군이 거짓을 말할 것도 없어서 짤막하게 답변하고 환자들을 향해 몸을 돌렸다.

빠르게 이동할 생각을 했던지라 의약품을 하나도 챙겨 오지 않았었다.

장호는 자신의 부주의를 탓하며 일단 기공치료를 기반으로 하여 환자들의 피를 지혈하고, 상처들을 치료해 나갔다.

거의 대부분이 외상이었고, 지혈을 했다고는 하지만, 상처가 벌어진 것에는 문제가 있었다.

"흠……."

장호는 사람들의 머리카락을 뽑고, 주변을 돌아보았다.

"독한 술 없소?"

"수, 술은 왜 찾으시는지……."

"치료에 필요해서 그렇소."

장호의 말에 표사 중 하나가 짐에 있는 술을 하나 가져왔다.

장호는 술을 한 모금 마셔보더니, 술 기운을 확인하고는 고개를 끄덕였다.

　머리카락에 내력을 흘려 넣어 바늘처럼 만든 장호는 그것을 술에 담갔다가 빼서는 그대로 벌어진 상처를 꿰매기 시작했다.

　"금창약은 있소?"

　"여기 있습니다!"

　상처를 꿰매고 나서 금창약을 바르고, 적당한 천을 감는다.

　그러한 치료는 순식간이었다.

　장호가 부상자들을 전부 치료하는 데 걸린 시간은 약 2시진.

　그러다 보니 어느샌가 해가 떨어지고 말았다.

　앞이 보이지 않으니 이동할 수가 없어서, 시체를 적당히 치우고는 야영을 할 수밖에 없게 되었다.

　"도움에 감사드립니다."

　"개의치 마시구려."

　장호는 진심으로 그리 생각했다.

　애초에 환자를 치료하는 것은 의원의 본분이 아니던가.

　서늘하고 음산한 숲속의 대로.

　밤이기에 아무것도 보이지 않는 공간에서 모닥불 몇 개와 횃불로 빛을 비추며 사람들은 휴식을 취하고 있었다.

누군가는 억지로 슬픔을 참아내고, 어떤 이는 멍한 표정으로 허공을 본다.

죽은 이들이 제법 많았다.

그들은 모두 이들의 친구이며 가족이었다.

"소생은 화산파의 속가제자인 진인산이라고 합니다."

"동기인 단지간입니다."

화산의 문하로 보였던 표사 두 명은 그렇게 포권을 해왔다.

"생명을 구함받아 감사드립니다.

이 은혜는 반드시 갚도록 하겠습니다."

"개의치 마시라고 이미 말했소. 우연이었을 뿐이니까."

장호는 그리 말하고 좌중을 둘러보았다.

"특별한 물건이라도 옮기고 있었던 것이오?"

"표두님께서 돌아가셔서 자세한 것은 저희도 알 수가 없습니다만… 딱히 그런 것 같지는 않았습니다. 사실 이러한 습격이 최근에 극심해졌습니다."

"극심하다?"

"예, 산적과 화적, 그리고 마적들이 날뛰고 있으니까요. 기본적으로 오십에서 백여 명 정도로 몰려다닙니다. 어떤 놈들은 그 수가 기백에 가깝기도 합니다. 사실… 이번 표행은 화산에서 얼마 되지 않는다 하여 방심한 것이지요."

방심의 대가로 표두가 죽었고, 표사들 여럿이 죽거나 다쳤다.

그것은 쟁자수도 마찬가지고, 보부상 같은 소상인들도 마찬가지다.

죽은 이들의 이유가 방심이라면… 이 얼마나 가혹한 세상인가.

"왜 이렇게 된 거요?"

산서성에서는 이렇지 않았다.

물론 의선문의 과도하다고 할 정도의 장악력 때문이지만, 다른 지역은 왜 이런 것인가?

"전쟁 때문이지요. 명제국이 망국이 되었다지만… 혼란이 수습된 것은 아닙니다."

명제국의 몰락.

대순제국의 창립.

하지만 안정기가 도래하려면 적어도 십 년은 걸릴 것이라고 진인산은 말했다.

젊지만 제법 세상 돌아가는 것에 대해서 잘 아는 듯이 보였다.

장호는 한숨을 내쉬고, 그와 여러 가지 이야기를 나누었다.

전쟁의 상처는 이미 중원 전역에 뻗어 있는 모양이었다.

이런 상황이라면… 산서성 인근의 지역을 의선문이 집어삼키는 것도 문제는 없을 것이라고 보인다.

사실 현재 중원 제일의 부호이자 금력을 가진 세력이 의선문이다.

이제는 금마장도 의선문보다 못하다고 할 수 있다.

하나의 성을 완전히 장악하고, 행정, 사법, 군권, 경재를 장악한 집단이 바로 의선문 아닌가.

이 힘은 국가 규모라고 할 수 있었다.

물론 중원 전체에 비하면 작다고 할 수 있지만, 적어도 산서성 하나의 힘은 인근 지역의 4개성을 합친 것보다는 강대했다.

군권을 확보하는 것까지는 무리겠지.

하지만, 상권의 잠식은 어떤가?

그것은 막을 명분이 없다.

막을 수도 없고.

상권을 잠식하면서 해당 지역의 농토 역시 지배한다.

산서성을 장악했듯이.

그리고 의선문의 무인들을 밀어 넣으면…….

행정부와 군권을 제외한 모든 것이 의선문의 손에 들어오게 된다.

게다가, 그에 관한 부정부패도 근절할 수 없다.

부마도위이자, 지금에 와서는 황제 이자성에게 산서성의 절도사로서 인정받은 장호의 세력에게 덤빌 간 큰 놈은 없으니까.

의선문이 보유한 농토에서 소작을 하고 살아가는 농민의 수만 이백여만 명에 달한다.

이 정도면 보통의 토호하고는 비교도 할 수 없는 수준이다.

그리고 주변 지역을 장악한다면…….

소작농만 무려 천만여 명을 둘 수 있게 된다.

이는 황제를 능가하는 권력의 기반이 될 것이다.

황제가 세상의 주인이라고 하지만, 그렇다고 해서 농민들의 토지를 실제적으로 황제가 소유한 것은 아니다.

그러나 장호는 실제적인 토지의 주인이 된다.

인구 천만이 살아가는 토지의 주인이라는 건 어떤 의미인가?

장호는 속으로 그리 생각하며 하늘을 보았다.

어차피 역사는 바뀌었다.

그렇다면… 이제부터는 적극적으로 내 뜻대로 하겠다.

스승님의 뜻.

의선문의 진정한 뜻대로…….

*   *   *

"불쑥 찾아뵙게 되어 송구합니다."

"아니외다. 그대라면 언제든지 찾아와도 좋소."

화산의 장문인이 아닌 장로원의 원주인 도사 일선자가 장호를 반갑게 맞이해 주었다.

어수선한 시국이지만, 의선문과의 연계를 통해서 화산파는 상당한 수준으로 세력을 확장했다.

종남파를 완전히 밀어낼 정도였으니까.

실제로 화산파의 이권 사업은 과거에 세 배 가까이 늘었고, 속가제자의 수는 다섯 배 이상 늘어났다.

게다가 괜히 명문이 아닌 듯, 속가제자들의 정신교육을 철저히 해서 부정부패 같은 비리가 일어나지도 않고 있었다.

하지만 역부족이다.

그렇게 강대해진 화산파였지만, 섬서성을 완전히 보호할 수 없는 상태였고 여기저기 도적들이 들끓고 있는 와중이었다.

하지만 화산파 자체는 과거보다 더 나은 상태였다.

전성기라고 해도 될 정도로.

게다가 화산파의 장문인은 현재 무림맹주이기도 하지 않던가?

"오면서 보니 섬서성의 치안이 몹시 흉흉했습니다. 아시고 계십니까?"

"빈도가 어찌 모르겠소? 본 파에서도 많은 노력을 기울이고 있으나, 애초에 나라가 흔들려 이런 지경에 이른 것이라

방도가 없소이다."

일선자는 장호의 말에 한숨을 내쉰다.

그 한숨은 실로 민초를 위하는 위정자의 고뇌가 담겨 있는 것이었다.

'적어도 악인은 아니로군.'

장호는 속으로 그리 생각했다.

"그래, 무슨 일로 오신 것이오?"

"화산파에도 신공절학이 있다고 알고 있습니다. 강호에서도 유명한 자하신공이지요."

"확실히 그렇소만……."

자하신공.

화산파에서도 자하기공을 대성한 이들이 아니면 볼 수가 없는 절세신공이었다.

자하기공은 화산파의 중요 내공심법 중 하나인데, 문제는 이를 제대로 대성하는 이가 적다는 것이다.

이걸 대성해야만 자하신공을 열람하고 익힐 수 있는데 그런 경우가 희박했다.

자하신공과 짝을 이루는 신공절학 중 하나가 바로 매화삼십육검으로, 서른여섯 가지 검초가 서로 교차하며 종횡무비한 변화를 이끌어낸다고 했다.

그 외에도 신공절학으로 분류되는 무공들이 다수 있긴 하지만, 그럼에도 화산파를 대표하는 것은 자하신공이라고 할 수 있었다.

"저는 그 비급을 한번 보기를 원합니다."

장호의 단도직입적인 말에 일선자의 표정은 바위처럼 단단하게 굳어져 버렸다.

그는 잠시 찻잔을 들어 입을 축인다.

그러고는 차갑고 낮은 목소리로 물었다.

"지금 그 말의 의미는 무엇이오? 본인이 알기로 의선문의 선천의선강기 역시 신공절학이라 칭해도 손색이 없다 알고 있소만······."

생육선을 목표로 하는 선천의선강기에 대한 정보는 이미 강호에 널리 퍼져 있다.

장호가 두각을 나타난 이후, 장호에 대한 조사가 전반적으로 이루어진 것은 당연한 일.

선천의선강기의 비급을 입수하는 것은 불가능하지만, 과거의 기록으로 선천의선강기가 무엇을 추구하고, 어떤 능력을 가진 것인지 알아내는 것까지는 쉽지는 않아도 불가능한 일은 아니었다.

때문에 장호에 대한 정보는 제법 알려져 있었고, 선천의선강기가 그 공능만으로는 신공절학에 속한다 해도 무리가 없다는 것이 밝혀졌다.

생명력을 극한으로 끌어 올리고, 선천지기를 강화하며, 그 순수함은 여타 내공심법을 능가한다.

때문에 극성으로 익힐 경우 금강불괴를 자연스레 얻어내 버린다.

그뿐이 아니다.

그 순수한 선천지기를 기반으로 해서 육체를 단련하면 순식간에 외공의 고수가 되어버린다.

여기서 외공의 고수가 된다는 것은 금강불괴의 경지를 뜻하는 것이 아니다.

바로 신체 그 자체를 무기로 사용하는 데 고수가 된다는 의미였다.

외공이라고 하면 보통 피류을 단련하고 최종적으로 금강불괴가 되는 것으로 생각하게 마련이지만 그 외에도 근육의 밀도를 높이고, 청각과 촉각 등의 감각을 끌어 올리는 것도 외공에 포함된다.

말은 인간보다 폐활량이 지극히 뛰어나며, 개의 후각은 인간의 것과 비교할 수 없을 정도라고 알려져 있다.

하지만 외공을 익히면 말의 폐활량과 개의 후각을 뛰어넘을 수 있다.

인간의 육신을 초월하여 짐승을 능가한다.

외공의 수련에는 분명 그러한 목적이 존재하는 것이다.

장호가 그러했다.

선천의선강기로 인하여 발달한 선천지기를 기반으로 육신을 단련하여 육체 자체가 이미 걸어 다니는 흉기가 되었다.

호랑이를 생각해 보자.

보통의 인간이 호랑이와 싸워서 이길 수 있을까?

일류의 고수라고 해도 호랑이를 이기는 것은 불가능하다.

기를 체외로 발출하는 경지에 이른 절정고수만이 그나마 호랑이와 싸워서 이길 가능성을 가진다.

그렇다는 것은, 기본적으로 호랑이의 육체가 인간의 육체보다 우월하다는 것이 된다.

장호가 그랬다.

아니, 그 이상이라고 할 수 있을 것이다.

장호의 육신은 호랑이를 간단히 잡아서 찢어 죽일 정도니까.

내공을 조금도 쓰지 않고도 사람 수십 정도는 간단하게 척살한다.

그것이 바로 장호의 육체였고, 그것이 선천의선강기의 효과였다.

그런 육체에 내공을 부여한다?

이미 보편적인 강호인으로서는 장호를 어찌할 수가 없다.

그 결과로 장호는 사파들을 몇 개 정도 혼자서 정리해 버렸다.

그걸 일선자라고 모를 리가 있겠는가?

선천의선강기의 최대 문제점은 내공의 축적이 너무나도 느리다는 것.

때문에 상승절학 취급을 받아왔다.

하지만 그 공능 면에서는 신공절학급임에 분명한데, 왜 타 문파의 신공절학의 비급을 보고 싶다고 하는 것인가?

"물론 그러합니다. 문제는 다른 것이지만요."

"문제?"

"우선… 혹 은룡문이라는 집단을 아십니까?"

일선자는 장로원주다.

장문인을 제외한다면 2인자라고 할 수 있었다.

그런 사람이 은룡문을 모른다면 문제가 심각하다.

"알지 못하오."

장호는 속으로 크게 근심했다.

은룡문은 선자들의 집단이라 몰라도 큰 위협은 되지 않겠 지만, 그래도 그 실체를 알고 있는지 없는지는 중요한 문제 다.

왜냐면 능력의 유무를 알 수 있기 때문이다.

"그렇다면… 황밀교에 대해서 이야기를 드려야겠군요."

"잠시만 멈추어주시구려. 은룡문은 무엇이오? 그들이 황밀 교와 관련이 있소?"

"있다면 있고… 없다면 없습니다. 은룡문은 황밀교와 대립하는 집단의 이름이지요."

"대립?"

황밀교에 대해서도 사실 알려진 바는 없었다.

그간의 사건들로 그들의 정체가 하나둘 밝혀지고 있고, 때문에 강호인들이 모두 경악했지만 그렇다 해도 보통의 강호인들은 그들에 대해 아는 바가 거의 없었다.

그런데 그런 황밀교와 대립하고 있는 자들이 있었다니?

"예. 저도 그들에 대해서는 자세히 모릅니다 다만… 그 은룡문의 사람과 황밀교의 사람을 각각 만나보았죠."

"계속 말씀하시오."

"황밀교에서는 사대호법 중 하나라고 하는 이가 저를 찾아왔습니다. 듣기로 교주 아래로 사대호법이 있으니, 저를 찾아온 그야말로 최고 수뇌부 중 하나인 셈이었지요."

"그 말의 진위성은 어떻소?"

"그는 전설로만 전해지던 현경에 이른 이였습니다. 스스로를 남방의 독선이라고 칭했으며, 황밀교의 남방에 속한 무리를 이끄는 자라고 하더군요. 종교의 이름 아래에 남방, 서방, 동방, 북방의 사대세력이 합쳐져 있는 것이 황밀교라는 설명을 들었습니다. 그리고 그는 떠나가면서… 저에게 심독을 남겨 저를 시험했죠."

일선자의 표정이 경악으로 물들었다.

"현, 현경이란 말이오?"

"그렇습니다."

"심, 심독이라면… 설마?"

"예, 심검과 같은 것. 그것을 독으로 풀어낸 것이었죠."

장호의 말에 일선자는 경악을 하고 말았다.

장호는 자신이 겪은 일.

황밀교의 호법이라고 한 남방의 독선이 한 이야기를 해주었다.

"현경에 이르면 세상의 흐름이 보이고, 그것을 거역하는 것에 거리낌을 가진다고 하더군요. 하지만… 제가 신경 쓰이는 건 그런 게 아닙니다. 그가 강하다는 거죠."

"으으음."

"그때는 시험이었을 뿐입니다만 만약 그와 생사결을 해야 한다면, 필패일 겁니다."

"무량수불. 실로 그러할 것이오."

일선자는 긍정했다.

심검에 대한 전설에 따르면, 마음으로 상대를 죽인다 했다.

심즉살의 경지가 진실이라면 그런 자와 싸우는 것은 불가능했다.

백만대군이 존재한다 할지라도 그런 자를 막는 것은 불가능할 것이다.

"본 문의 무공인 선천의선강기… 이 무공 역시 신공절학이라고 할 만하지만 누락된 부분이 존재합니다. 다음 경지에 들어서는 방도에 대해서 알 수가 없다는 것이지요."

"그래서 본 파의 자하신공을 보고 싶다는 말이구려?"

"그렇습니다. 이에 대해서 제자에게조차도 전수를 하지 않을 것을 맹세하겠습니다. 또한, 비급 안의 깨달음을 얻고자 하는 것인즉. 자하신공 자체를 제가 사용할 일도 없을 것입니다."

장호의 말에 일선자는 눈을 감고 생각에 잠겼다.

"현경에 이른 자가 황밀교에 있다면 본 파 역시 위험하지 않겠소?"

"그럴 것입니다."

"으으음. 무량수불……."

마음이 답답한지 일선자는 신음을 흘렸다.

"한 가지 묻고 싶소이다."

"하문하시지요."

"귀하는 화경에 이른 이들 중에서도 특히 고강하다고 알고 있소. 그 비결은 무엇이오?"

"영약입니다."

"뭐요?"

일선자는 즉답하는 장호의 말에 일순 말문이 막혔다.

영약이라니?

"선천의선강기는 강대한 공능을 가졌지만… 내공의 축기가 무척이나 어렵지요. 그러나 저는 젊은 나이임에도 이러한 경지에 이르렀습니다. 그 이유가 무엇이겠습니까?"

"영약으로 내공을 늘리고, 지금의 경지를 완성했다는 것이오?"

"그렇습니다. 물론 내공의 양이 많다고 경지가 오르는 것은 아니지만… 효과는 상당하지요."

장호의 말에 일선자도 수긍하지 않을 수 없었다.

"자하신공을 보는 것에 대한 대가는 치르겠습니다. 영약을 공급해 드리지요."

"음……."

일선자는 침음을 흘리다가 입을 열었다.

"우선 며칠만 기다려 주시오. 본도가 결정할 수 있는 일은 아닌 듯하오."

"예. 그리하겠습니다."

장호는 가볍게 답했다.

그럴 거라고 이미 생각했었으니까.

*   *   *

화산파의 장로원주인 일선자는 다른 장로들을 모두 불러들였다.

그리고 장문인에게도 이에 대해서 서신을 보내었다.

"영약이라고 했소, 사형?"

"그렇네."

"허허… 영약이라. 그렇다면 돈오의 깨달음은?"

"당연히 그것도 필요하다고 하더군. 하지만… 깨달음과 별개로 내공의 양도 중요하다 하네."

"흠… 내공이 많으면 깨달음을 얻는 데에도 좀 더 수월하다는 점은 명백합니다. 입증된 일이죠."

장로들은 일선자를 중심으로 웅성거리며 회의를 시작하고 있었다.

"자하신공도 그러한가? 자하신공은 자하기공을 대성하지 않으면 입문조차 못 하지 않나?"

자하신공.

화산파의 비전절기로서 화산파의 제자 누구라도 배울 수는 있다.

다만 자하기공을 대성한 자에 한해서.

지금 장로들 중에서도 자하신공을 익힌 이는 겨우 넷이다.

장문인을 포함하여 겨우 다섯만이 익히고 있는 절세신공

이었다.

"내공의 양이 많으면 자하기공을 대성하는 데 유리한 것은 사실이라네."

일선자의 사형인 일문자의 말에 다들 고개를 끄덕인다.

일문자는 젊었을 적에 강호에서 기연을 만나 영약을 복용한 바가 있었으니까.

자하기공으로 내공 이 갑자를 얻은 일문자는 젊은 시절 자하기공을 대성하고 자하신공에 입문하였다.

그 덕분에 차기 장문인으로서 내정되기도 했었지만, 일문자는 정치가 싫다 하며 무공수련만 하여 결국 장문인이 되지 않았다.

사실 화산제일검은 장문인이 아니라 일문자였다.

"영약의 공급은 얼마나 해준다고 합니까?"

"일 갑자의 내공을 얻을 수 있는 영약을 다섯 개 제공한다 하네."

다들 경악한 표정이 되었다.

일 갑자의 내공을 얻을 수 있는 영약이라면 소림사의 대환단 정도가 아니면 거의 불가능했다.

각 문파에 비전으로 내려오는 단약과 영약이 있지만, 가장 유명한 것은 소림사의 대환단과 무당파의 태청신단이다.

화산파에도 자소단이라고 하여 영약이 있지만, 십 년에 한

개를 만들기도 벅차고 그 효과도 대환단이나 태청신단에 비하면 모자란 것이 사실이었다.

"처음에 다섯. 매년 한 개를 제공한다고 했지."

"진실입니까?"

"진실일세."

"으으음. 의선문의 세력이 강맹하다고는 알고 있었지만……."

산서성을 완전히 장학한 의선문.

단지 상권과 강호의 세력만 장악한 것이 아니었다.

관군에서 행정관리까지 전부 의선문에 장악되어 있는 곳이 바로 산서성이었다.

의선문은 하나의 국가처럼 되어버렸기에 그 세력은 강호 제일이라고 할 수 있을 정도였고, 무림맹의 전체 전력과 비교해도 떨어지지 않았다.

아니.

관군을 움직일 수 있는 권한이 의선문주인 장호에게 있으니, 무림맹조차도 이미 그의 상대는 아닐 것이다.

십만의 관병.

거기에 삼만에 이르는 의선문도.

또한 오만에 이르는 포졸과 포두들.

그런 무력집단이 전부 의선문의 손과 발이 된 지 오래다.

그런 강력한 힘을 통해서 의선문이 영약을 찍어낸다는 소문이야 예전부터 있었지만, 실제로 그럴 줄이야.

"의선문은 의약품으로 돈을 벌었고, 그 재력으로 땅을 구매해 대량의 토지를 얻었소. 토후가 된 것이지. 그런 순환을 통해서 세력이 강맹해졌고, 대량으로 영약을 제조하여 문파의 핵심 인원들을 강화해 왔던 고요."

"본 파도 그를 본받아야 할 필요가 있다는 것이군요."

"그렇네."

장로들은 이야기를 나누면서 결국 하나의 결정을 내렸다.

자하신공의 비급을 공개하겠다는 것!

그 스스로가 사용하지 않고, 현경에 이르기 위한 단서를 원한다니 그 정도는 괜찮다고 보았다.

자하신공의 비급은 상당히 난해해서 한 번 본다고 외울 수 있는 것도 아니기 때문이다.

물론 장호는 외울 수 있다.

초인적인 육신이 그를 가능케 하니까.

어쨌든 장호의 계획은 성공했다.

장문인조차도 허락을 했으며, 의선문과 화산파는 결국 거래를 하게 되었다.

＊　　＊　　＊

"흐음……."

화산파의 비고.

그곳에서 장호는 천천히 자하신공의 비급을 읽어 내려갔다.

자하신공은 과연 심오하고 난해했다.

비급의 구결 대부분이 은유적이었으며, 숨겨져 있는 부분들이 아주 많았다.

"비급만 가지고 천하제일고수가 나온다는 것이 얼마나 헛소리인 줄 알겠군그래."

장호 자신도 다수의 무공을 섭렵했지만, 이건 정도가 심했다.

일부러 이렇게 만든 걸까?

아니면 실제로 이 모든 내용을 깨쳐야 다음 단계로 갈 수 있는 것인가?

도저히 알 수가 없다.

장호는 일단 모든 내용을 외웠고 비고를 나섰다.

그러면서도 속으로 계속해서 자하신공의 비급에 적힌 내용을 궁리했다.

하지만 모호했다.

"많이 배우셨소?"

"모호합니다. 도움이 되었다고 하기에는 애매하군요."

비고를 나서는 장호를 기다리고 있던 일선자의 질문에 장호는 고개를 가볍게 흔들었다.

"하지만 뭔가 실마리를 얻을 수 있을 것 같습니다."

"서로가 도움이 되었다면 다행이구려."

"참, 떠나기 전에 한 가지 충고를 드리지요."

"충고?"

"화산파의 성세를 계속 이어가고 싶으시다면… 화산파를 중심으로 하여 주변의 공지를 사들이고, 개척을 하시는 게 좋으실 겁니다."

장호의 말에 일선자는 무거운 신음을 흘렸다.

"본 파는 도문이오."

"그렇다고 해서 이권에 개입하지 않는 것은 아니지 않습니까? 게다가 땅을 개척하고 소작농들에게 값싸게 소작을 준다면 그것만으로도 덕을 쌓는 것이 되겠지요."

장호는 그리 말하고는 포권을 해 보였다.

"잘 배웠으니 그 답례입니다."

장호는 그렇게 화산파를 떠났다.

第六章

침략

침략은 단지 칼과 창만으로 이루어지는 것은 아니다.

역사학자

장호가 화산파에서 되돌아온 이후.

의선문은 행동을 개시했다.

의선문 산하의 의선상회가 움직이기 시작한 것이다.

물론 의선문만 움직인 것은 아니다.

선문의방도 같이 움직였고, 또한 보의표국 역시 움직였다.

보의표국은 보의단을 중심으로 하여 만든 표국으로, 이미
산서성 전체를 석권한 지 오래다.

기존의 표국을 흡수하고, 재훈련시켜서 만들어진 보의표
국의 숫자 역시 무시할 수가 없을 정도.

여하튼 의선문의 세력은 바로 하북으로 밀고 들어갔다.

하북팽가.

진주언가의 두 가문이 지배하고 있는 영역인 하북성.

그러나, 두 가문의 상권은 장호의 의선문이 움직이자 순식간에 무너져 내리기 시작했다.

그때까지 걸린 기간은 고작 반년도 안 된다.

자금력, 조직력, 무력.

이 세 가지에서 두 가문은 조금도 상대가 되지 않았기 때문이다.

사실 하북성의 진출은 예전부터 하고 있었다.

이자성과 손을 잡았을 당시부터 하던 일이다.

지금에 와서는 가속도를 붙인 것이고, 하북팽가와 진주언가의 사업을 거의 대부분 집어삼켜 버렸다.

하북성을 기준으로 의선문의 소작농이 된 이들의 수가 무려 오십만 명이 넘었고, 하북성의 토지중 오분의 일이 의선문의 소유가 되어 있었다.

게다가 상권과 유통망을 의선문이 가져가 버리니, 더 이상 하북팽가는 할 수 있는 일이 없어져 버렸다.

그들이 본래 소유한 농토와 광산 정도만이 그들에게 남은 전부다.

물론 이 정도만 해도 재산은 넉넉할 것이나, 무림세가로서의 세력권은 없어졌다고 해도 과언이 아니었다.

그렇다고 해서 의선문과 싸울 수 있는 명분이 있는 것도 아니다. 상권 잠식에 그 어떤 부정도 끼어들지 않았으니까.

즉 순수한 실력 탓이다.

부조리할 만큼 압도적인 실력의 차이 때문에 하북팽가는 압살당하고 말았다.

사실 하북팽가만이 아니다.

하북성에는 여러 가지 상회나 상단이 있었다.

진성상단, 이가상회, 주가연맹, 기타 등등…….

곡물상, 주류상, 약재상, 광물상, 무기상, 기타 여러 상인들.

그들은 대항하려고 했다.

거대한 힘을 지닌 압도적인 적 의선문에 대항하고자 하였다.

그러나 그들은 이겨내지 못했다.

가격에서 상대가 안 되니까.

적어도 두 배 이상의 차이를 가진 가격을 앞세운 의선문의 힘은 그들이 이겨낼 수 있는 게 아니었다.

혼란한 시기.

사실 상단의 물건이 제대로 배달이 되기만 해도 돈을 벌 수 있는 시대였다.

때문에 운송에서 절대적 안전을 자랑하는 의선문의 힘을 다른 상인들이 이겨낼 수 있을 리가 없었다.

하북팽가 정도 되는 집단이 아니면, 안전성은 상대가 되지 않는다.

그러나 하북팽가는 의선문에 비하면 상계에서는 처절한 약자였다.

결국.

하북성의 상권을 전부 석권하는 데 의선문이 들인 시간은 불과 십 개월 정도였다.

한 해가 전부 가기 전에 하북성을 통합한 것이다.

그 와중에 몇 가지 불협화음이 있긴 했다.

과거 명제국이 멸망한 이후에도 자리를 지키고 있는 지방의 관리들이 부정부패에서 생겨나는 이득을 얻지 못하여 일을 꾸민 것이다.

그리고 그들은 시체가 되었다.

흔히 강호인이 하는 것처럼 암습하여 살해한 것은 아니다.

장호의 권한으로 그들의 죄를 밝혀내고, 전부 처형한 것뿐.

그렇게 일 년의 시간이 흐르는 동안, 장호는 자하신공 외에도 타 문파의 신공절학을 2개 더 섭렵하기에 이른다.

섬서성 흑점 지부에 있던 신공절학인 상선문의 무공인 태을상선공과 자부문의 자부신공을 얻은 것이다.

태을상선공은 도가의 무공이었고, 자부문의 무공은 이게 비급인지 아닌지도 헷갈리는 그런 것이었다.

그러한 무공들을 섭렵하고 일 년간 칩거하여 무공을 수련한 장호는 아주 조금이지만 실마리를 얻어내기에 이르렀다.

"상단전의 활용이 늘어날수록, 의지가 곧 기운이 된다니……."

선천의선강기는 생명력을 극대화하지만, 내가진기의 운용면에서는 타 신공절학에 비하여 꽤나 뒤떨어진다.

도가비상현천공과 태양신공을 통해서 그러한 내가진기의 운용 능력을 보완하였는데, 이번에 자하신공과 태을상선공, 그리고 자부신공을 새롭게 얻으면서 장호는 어렴풋이 알던 것을 완전히 확인하고 만 것이다.

도가비상현천공, 태양신공, 태을산선공, 자부신공.

이들 신공절학들의 공통된 내용 중 하나가 있었기 때문이다.

완연한 경지에 이르면, 뜻에 따라 천지가 움직인다.

세상과 나의 경계가 없으며, 하늘과 내가 다르지 않음을 알게 된다면 의지로 세상을 다룰 수 있으리라.

이러한 구결이 뜻은 동일하나 문장만 다른 채로 네 가지 신공절학에 다 있었던 것.

여기서 말하는 완연한 경지란 바로 내공을 한계까지 모으고, 내가진기의 운용 능력을 대성해야 함을 의미하는 것으로, 이러한 경지에 이르면 자연스레 상단전이 활성화된다는 것을 겨우 깨닫게 된 것이다.

여러 가지 교차적인 실험과 수련으로, 상단전이 활성화되면 의지에 반응해 기운이 움직인다는 것도 확인하였다.

그리고 또 하나 알게 된 것이라면…….

"상단전이 완전히 활성화되지 않음에도 상단전은 언제나 기운을 움직이고 있었군……."

바로 평범한 이들조차도 의지로 기운을 어느 정도 다루고 있었다는 것이다.

살기라는 게 있다.

누군가가 누군가를 죽이고 싶어 하는 의지가 기로서 구체화된 것이다.

민감한 이는 이 살기에 반응한다.

무공을 익히지 않은 이들조차 이럴진대 강호인은 어떨까?

살기를 바로 알아차린다.

때문에 살수들은 대상을 죽일 때 죽인다는 살의를 가지지 않도록 훈련한다.

그렇다.

이 모든 것은 상단전이 활성화되어 있지 않음에도 의지가 기에 작용한다는 반증이다.

상단전이 활성화되면 의지가 기운에 작용하는 범위와 위력이 더 강력해지는 것이고.

화경에서 현경에 돌입하는 깨달음을 얻을 때, 확장된 정신과 상단전은 천지교태를 가능하게 해주는 것이다.

그것이 바로 진정한 현경의 비밀이며, 심검과 심독의 비밀이었다.

장호는 이렇게 모든 것을 이론으로 깨치고 나서야, 현경이 어떤 경지인지 알 수 있었다.

상단전의 활성화를 통해서 천지자연의 기운을 마음껏 다룬다.

그러나 한계 이상 기운을 다룬다면 상단전이 자리한 뇌가 버틸 수가 없다.

때문에 현경에 이른 이들은 언제나 상단전 스스로의 피로를 해소하고, 기운을 보충하고자 현경으로서 얻게 된 능력을 자신의 육신, 즉 뇌를 보호하는 데 사용한다.

적어도 절반 정도의 힘을 써야 할 것이다.

하지만 나머지 절반의 힘으로도 천하를 오시할 수 있으리라.

심검과 심독 같은 종류의 기예는 그러한 위력이 있었다.

일 년간 이에 대해서 연구하고 확증을 얻은 장호는 상단전을 확장하고자 여러 가지 방도를 시행하고 있었다.

"후우… 오늘은 여기까지."

장호는 두 눈 앞에 물체를 의지만으로 둥둥 띄워놓고 있었다.

허공섭물의 기예이지만, 그 원리는 흔히 화경의 경지에 이른 이들이 쓰는 것과는 달랐다.

허공섭물은 손으로 내기를 발출하고, 그 진기를 끌어당겨서 물체를 옮기는 것이다.

쉽지 않은 기예지만, 사실 의지와는 관계가 없다.

그러나 지금 장호는 의지력만으로 기운을 움직여 물체를 들어 올리고 있는 중이었다.

"뇌수가 끓어오르는군… 이걸 편안하게 해야 화경인가."

장호는 뜨거워진 머리를 붙잡고서 힘을 취소시켰다.

뇌가 금세 차가워진다.

극에 이른 신체 회복 능력과 강력한 치유 능력을 지닌 선천의선강기 때문이었다.

"음… 진기의 소모가 오면 기혈이 역류하지. 어차피 뇌라는 기능을 사용하는 것이니……."

장호는 역시 장호였다.

그간 배운 것들을 이론적으로 생각하고, 육체를 하나의 기능적인 수단으로 보았다.

본시 무공의 기본은 내가진기가 없으면 성립이 되지 않는다.

기라고 하는 힘을 사용하는 매개체로서 육체는 성립하고, 기가 없다면 초인적인 힘은 사용하지 못한다.

외공조차도 그 기를 육체의 단련에 사용하는 것이니, 기는 결국 무공의 시작이자 끝이라 할 만했다.

그러나 이 기운도 결국 소모된다.

호흡을 통해서 단전에 꽉꽉 들여놓은 진기를 소모해서 초인적인 힘을 얻는 것.

그것이 바로 무공의 기본이니까.

일종의 소모제 개념이라고 보면 된다.

물론 장호는 내단을 완성했고, 내단이 가지고 있는 기본적인 공능인 천지자연의 기운을 스스로 끌어들여 보충하는 힘 덕분에 내공이 모자랄 일은 없다.

하지만 이것도 내단 자체가 가진 공능일 뿐.

딱히 의지력과는 관계가 없고, 천지자연에서 기운을 스스로 보충한다는 것일 뿐 내공의 소모가 없는 것은 아니지 않은가?

쓴 만큼 채워질 뿐.

기운을 사용한다는 것은 변하지 않는다.

그런 의미에서 내단은 확실히 대단하다.

자동으로 내력을 채워주니까.

하지만, 현경의 경지와는 거리가 멀었다.

"상단전을 단련해야 하는 건가. 아니면 다른 조건이 있는 걸까?"

무아지경의 상태에서의 정신적 깨달음은 확실히 단번에 경지를 올려준다.

하지만 어째서 그렇게 되는 것인지에 대해서는 장호도 아직 알 수 없다.

어째서 깨달음을 얻으면 다음 단계로 나아가는가?

게다가 깨달음 이후에 기운을 다루는 능력이나, 무공의 수준이 급상승하는 이유는 어째서일까?

모든 비밀은 결국 상단전의 발달, 즉 뇌의 발달에 있으리라.

*   *   *

장호의 의선문이 하북성을 완전히 지배하는 데 걸린 시간은 겨우 일 년도 되지 않는다.

의선문의 세력이 너무 강력해지자 정의맹이 움직이지 않을 수 없었다.

하북팽가는 정의맹을 이루는 가장 큰 문파 중 하나니까.

개방, 무당파, 황보세가, 하북팽가.

이 4개의 문파를 주축으로 하여 만들어진 것이 바로 정의맹.

때문에 하북팽가의 위기를 그냥 넘길 수가 없는 것.

하지만.

나설 명분이 없다.

압도적인 실력 차이로 하북팽가를 몰아붙인 것이라서 어떻게 할 수가 없는 것이다.

더 값싸고 더 질 좋으며 더 나은 행동력을 가진다.

이길 수 있는 구석이 없다.

그래도 막아내긴 해야 한다.

무가는 경제력 위에 성립한다.

만약 경제력이 떨어진다면… 하북팽가의 기본적인 무력은 삼 할이 떨어진다.

외냐하면 외당 전력이 전부 이탈할 테니까.

외당은 외부 인원을 고용해서 유지하는 전력이다.

하북팽가도 외당이 존재하고, 그들은 팽가 전력의 삼 할이나 된다.

그들은 고용된 관계이기 때문에, 하북팽가에 미래가 없다고 판단되면 떠나게 되는 것이다.

나머지 칠 할의 세력은 내당.

즉 직계나 방계혈족이기에 배신하거나 떨어져 나가지는 않겠으나 전과 다른 궁핍한 생활은 내부에 분열을 가져올 것이 뻔하다.

그것은 결국 분쟁을 야기하며, 하북팽가를 약화시키기에
충분했다.

심지어는 혈족 중에서도 분가를 하여 외부로 나가는 이들
도 생길 수가 있는 것이다.

정의맹주인 구지신개는 개방을 통해 이러한 사실들을 이
미 예측했고, 하북팽가의 세력을 온존하게 만들기 위한 방도
를 구상하여야 했다.

타 문파의 일이라지만, 내버려 두면 정의맹의 근간을 흔들
수 있기 때문이다.

의선문이 하북성만 제패하지 않고 인근으로 세력을 뻗으
면 막을 곳이 없다.

무력, 재력, 권력 세 가지 힘을 모두 가진 의선문을 제어할
수가 없는 것이다.

그러는 사이에 거대한 사건이 하나 벌어지고 만다.

여진족의 군대.

스스로를 후금이라고 칭한 자들의 군대가 다시금 남하를
시작한 것이다.

중간 지점의 요새들이 돌파당했고, 대순제국은 다시금 전
쟁에 돌입했다.

*　　　*　　　*

"전쟁?"

매일매일 수련의 연속을 보내던 장호는 전쟁 소식을 듣고 눈을 찌푸리고 만다.

전쟁이라니?

이게 무슨 소리란 말인가?

황제 누르하치는 이미 죽었는데?

"누르하치가 대군을 일으켜 진군했다고 합니다."

사실 전쟁은 끝난 적이 없다.

대치 중이었고, 요새 때문에 멈춘 것처럼 보인 것뿐.

하지만 이 전쟁은 곧 끝날 거라고 보았다.

누르하치를 장호가 직접 죽였으니까.

여진족은 초원의 민족이고, 몽골족과 비슷한 성향을 가지고 있었다.

부족장이 죽으면 그 세력은 와해가 되는 것도 비슷한 이치다.

그런데 누르하치가 죽었음에도 단결하다니?

게다가 대외적으로는 누르하치가 죽지 않았다고 알려져 있다.

이는 후금제국의 수뇌부가 일치단결하지 않으면 안 되는 일이다.

자신의 욕망을 억누르고, 대국적인 이익을 위해서 움직인 다고?

그것이 가능하단 말인가?

"음모가 있군."

"문주님도 그렇게 생각하셨군요."

임진연의 말에 장호는 가볍게 고개를 끄덕였다.

"누르하치를 내 손으로 죽였잖아. 그런데, 죽은 누르하치 황제가 살아 있는 것처럼 꾸미고 있으니… 이게 가능한 걸까?"

"그들이 공동체에 대한 의식이 강하다면 가능합니다만… 거의 불가능에 가깝죠."

"그렇겠지."

"생각해 볼 수 있는 것은 두 가지입니다."

"어떤 거지?"

"강력한 후계자가 있어서, 그가 남은 부족들을 통솔하는 경우입니다. 전쟁을 마무리하고서 아버지인 누르하치가 죽었다고 발표하기 위해서 수뇌부들을 억누르고 있는 것이죠."

장호는 생각에 잠겼다.

확실히 가능성 있는 이유였다.

"두 번째는?"

"당연히 황밀교가 개입한 것입니다."

"개입인가……."

"문주님의 말씀에 따르면… 그들은 올바른 흐름을 지키고 있다고 주장하는 바. 그것은 대명제국의 멸망 이후 여진족이 이 중원을 지배하는 것이겠죠. 그렇다면 누르하치 황제가 죽은 지금, 그걸 좌시할 수는 없을 겁니다. 그들의 주장이 맞다면요."

장호는 고개를 끄덕였다.

황밀교에 대해서는 역시 아는 바가 없었다.

그들은 대체 무슨 이유로 그런 주장을 하는 것인가?

그들이 보통 존재가 아닌 것 정도는 알고 있다.

시간이 역전되는 것을 이겨내는 존재가 보통 사람일 리가 없다.

하지만 그렇다고 해서 그들이 보편적인 인간의 욕망을 이겨낸 존재인지는 알 수가 없다.

때문에 의심이 간다.

그들의 목적에 대해서.

"충돌해 볼 수밖에 없겠군."

"어떻게 하시겠습니까?"

"내가 직접 간다."

장호는 결정했다.

황제 누르하치가 어떻게 된 것인지 알아봐야 했다.

"임 총관."

"하명하십시오."

"내가 있는 것처럼 꾸미고, 의선문은 지금처럼 활동하도록. 하북성을 정리하고 나면 바로 하남성을 침공해라."

"알겠습니다."

소림사가 지배하는 영역인 하남성.

하지만, 소림사가 지배한다고 해도 그 수준은 화산파나 하북팽가와 같은 수준이다.

의선문이 밀고들어가면 막을 수 있는 수준은 아니었다.

"하남성까지 지배하고 숨고르기를 하자."

"내실을 다지는 거군요. 알겠습니다. 약… 오 년 정도면 되겠죠."

"그래."

3개 지역을 통째로 장악한다면, 천하에서는 그 누구도 감히 의선문에게 대적하지 못하리라.

강호 전체와 상대해도 이길 수 있을 정도로 세력이 확대될 테니까.

第七章

다시 북으로……

거자필반이라고 했다.
떠나간 이는 반드시 돌아온다는 뜻이다.

뜻풀이

"나도 갈래."

"안 돼."

여이빙.

그녀는 입술을 삐죽이면서 장호를 바라보고 있다.

"왜 안 되는데?"

"너를 보호할 수 없으니까."

"하? 보호?"

"그래, 보호."

장호의 단호한 말에 그녀는 눈꼬리를 치켜뜨며 분노한 듯

노려본다.

하지만 장호는 그런 그녀의 모습에 아랑곳하지 않았다.

"현경의 경지에 이른 놈들이야. 힘들다고."

"그러니 더더욱 둘이 합공해야지."

"너는 초절정고수가 합공한다고 무섭디?"

여이빙은 장호의 말에 입을 다물고 말았다.

화경에 오른 이들은 강기를 쓴다.

그리고 별다른 기교나 무리가 없더라도 검사를 쓰는 초절정고수들 정도는 강기로 그대로 죽여 버릴 수가 있다.

현경에 이르면 강환을 사용한다고 알려져 있는데, 이게 강기보다 우위에 있는 힘인 것은 당연지사.

하지만 강환이 문제가 아니다.

그들에게는 심검이라는 무기가 존재했다.

경지의 차이란 이만큼 절대적인 것.

"그러는 너는?"

"몸뚱이가 있으니까."

선천의선강기를 익혀 생육선의 초입에 들어선 장호의 육신이다.

화경의 고수가 전력을 다해서 강기를 사용하고, 거기에 신공절학의 절초를 사용해도 장호의 몸에는 작은 생채기가 조금 날 정도.

그것도 순식간에 재생하여 아물어 버리니, 강환이라도 어느 정도 버틸 수가 있다고 할 수 있었다.

"돌아올 거지?"

"꼭 살아 돌아올 테니 걱정 마."

그녀가 손을 뻗는다.

장호는 장미 향기를 맡았다.

그녀의 두 팔이 장호를 안고, 포옹을 했다.

"돌아와. 꼭."

"그래."

장호 역시 마주 안아주었다.

그리고 그대로 문을 나선다.

미령군주에게는 이미 인사를 했다.

남은 것은 결전뿐.

*　　　*　　　*

말은 대단히 빠른 생명체이지만, 장호의 신체는 이미 말을 아득히 뛰어넘었다.

그냥 뛰기만 해도 말보다 빠르고 무한하게 뛸 수 있을 정도다.

거기에 내공을 사용해 경공을 쓰면 어마어마한 속도로 달릴 수가 있었다.

장호는 섬서를 벗어나서 즉시 하북을 통과해서 길림성으로 향했다.

그 경계에서는 치열하게 전쟁이 벌어지고 있는 중이었는데, 원숭환 장군이 요새 하나를 거의 완벽에 가깝게 방어해 내고 있는 것을 보았다.

장호는 그런 전장을 멀리서 바라보고는 요새를 둘러싼 군대의 수뇌부가 있는 곳으로 향했다.

장호의 무위는 현경에 이른 이들을 제외한다면 누구도 어찌할 수 없는 수준이었기 때문에 어설프게 배운 은신공만으로도 아무도 장호를 찾아낼 수 없었다.

본진에 은밀히 숨어든 장호는 정보를 수집하기 위해서 노력했다.

그간 여진족의 언어를 이미 들어두었기에 가능한 일이었다.

그렇게 수뇌부가 있는 막사들을 돌아다니던 장호의 귀로 누군가의 목소리가 들렸다.

"원숭환은 진정한 전사이자 장군이요. 그를 죽이고 싶지 않구려."

수뇌부들의 회의인가?

장호는 목소리가 들리는 방향으로 움직였다.

"홍타이지 전하. 저자가 전사이자 장군이라는 것은 저희들도 잘 알고 있습니다. 하나, 저자의 충심은 대단하니 죽음 외의 것으로 자신의 삶을 연장하려고 들지 않을 것입니다."

"아쉽구려."

"그러나 쉽게 변절한다면 진정한 전사가 아니니, 그의 명예를 위해서라도 그의 목을 거두셔야 합니다."

초목의 전사들, 장군들.

그들이 누군가와 회의를 하고 있는 것 같았다.

막사 밖의 으슥한 그림자에 숨은 장호는 기억을 더듬었다.

홍타이지?

누르하치 황제의 아들이자 황태자인 홍타이지!

장호의 기억이 빠르게 부상한다.

그는 강호 정세뿐만 아니라, 천하 정세도 여러모로 보고를 받은 적이 있다.

그뿐이 아니다.

이자성에게 임무를 받을 당시에도 여러 정세에 관한 보고서를 받아서 보았었다.

누르하치도 대단한 영웅이지만, 그 아들인 홍타이지도 그 아버지만큼 대단한 인물이라고 하였었다.

그런가.

홍타이지가 혼란을 수습한 건가.

그렇다면 황밀교의 개입은 없는 것인가?

여기까지 올 필요는 없었던 것인가?

장호가 속으로 생각을 정리할 때였다.

"후후후후. 제자야. 기다리던 손님이 왔구나."

누군가의 목소리가 막사에서 들렸다.

장호의 감각에 걸려들지 않은 자!

그런 자의 목소리가 들리다니?

장호의 감각은 초인적이기에, 장호의 감각을 속이고 은신한다는 것은 불가능하다.

불가능을 가능케 하려면 단지 한 가지 경우밖에 없다.

장호보다 절대적인 강자!

장호가 두 손을 즉시 들어 올렸다.

태양신공의 힘이 장호의 두 손바닥 안에서 타오른다.

강대한 양강지력이 생겨나고, 그것이 그대로 폭발을 일으킨다.

콰르르르릉!

강기를 뛰어넘는 강대하고 거대한 폭발이 장호의 두 손안에서 일어났다.

그 폭발은 그대로 천막을 갈기갈기 찢어버리고, 그 안쪽의 인물들을 덮쳤다.

"자네가 바로 그 문제의 사마밀환을 전승한 자로군? 확실히 대단한 힘이야."

그리고 그 폭발이 사그라든 자리에는 한 명의 깡마른 청년
이 서 있었다.

그의 뒤로 여진족의 장수들이 어안이 벙벙한 표정으로 서
있었는데, 그중 하나만이 날카로운 눈으로 장호를 노려보고
있었다.

저자가 홍타이지로군.

장호는 속으로 그렇게 되뇌었다.

그러나 곧 홍타이지에게서 시선을 거두고, 자신의 앞을 막
아선 청년을 보았다.

제법 잘생긴, 그러나 꽤 마른 청년의 주변으로 강력한 기운
이 넘실거리고 있었다.

강기막!

강기로 이루어진 하나의 장막이다.

강기를 이겨낼 수 있는 힘이 아니라면 뚫을 수가 없다.

하지만 단순한 강기막은 아닐 것이다.

태양신공의 절기 중 하나인 광명폭은 화탄 수백 개가 터진
것과 같은 위력을 지녀 강기보다도 더 강력한 위력을 지녔으
니까.

강환을 막으로 만든 것인가.

강환을 저렇게 자유자재로 다룬다는 것은 역시 현경이라

는 의미일 것이다.

"본좌는 북방의 투선이라고 한다. 내 이름은 처음 듣겠지?"

"남방의 독선에게 듣지 못했으니 처음이지."

"허허허. 말이 짧구나. 네가 비록 사마밀환으로 시간을 되돌렸다고 하지만, 그럼에도 내가 너보다는 수십 배는 나이가 더 많단다, 아해야."

청년이 손을 든다.

그의 손이 검게 물들었고, 그 검은 어둠은 꿈틀거리면서 주변을 잠식하기 시작했다.

저런 무공이 세상에 있단 말인가?

"독선은 네 녀석이 열쇠가 되어줄 수 있다고 했지만… 나는 그런 건 신경 쓰지 않아. 그러니 뒈져라."

그의 손의 어둠이 폭발했다.

그것은 마치 수증기가 퍼져 나가는 것 같았고, 주변을 잠식하며 장호를 향해 빠르게 뻗어왔다.

"누가 죽는지 해볼까!"

장호는 선천의선강기를 끌어 올렸다.

그의 전신이 황금빛으로 번쩍거리기 시작한다.

생육선의 초입에 들어선 장호의 육신은 이미 완전한 금강불괴와 다름이 없다.

거기에 선천의선강기의 진기가 전신에 부여되자, 몸이 태양처럼 빛을 발한 것이다.

콰쾅!

그의 육체에 검은 힘이 날아들어 충돌했다.

그러나 그 힘은 폭발을 일으킬지언정 장호에게 상처를 입히지 못했다.

"헛?"

스스로를 북방의 투선이라고 밝힌 이가 그걸 보고 놀란 표정이 되었다.

그사이 장호의 몸이 대포에서 쏘아진 포탄처럼 쏘아져 나간다.

콰르르릉!

검은 기운을 몸으로 받아내며 돌진하는 그 모습은 전설에 나오는 금강역사의 강림이나 다름이 없어 보였다.

"하하하! 재미있군!"

달려드는 장호를 보며 사납게 웃어 보인다.

이빨을 드러내고 광기에 찬 표정으로 웃는 북방의 투선은 두 손에서 뻗어낸 검은 강기를 회수하며 장호를 향해 마주 달려들었다.

"흑천강기를 그대로 이겨낼 줄이야! 하지만 과연 내 절초 앞에서 버틸 수 있겠느냐!"

콰쾅!

북방의 투선, 그가 빠르게 다가왔다.

그의 두 손이 기이한 각도에서, 무시무시한 속도로 찔러져 들어온다.

그것은 소리보다도 빨랐고, 그 어떤 기파가 장호에게 전달 되기도 전에 다가오고 있었다.

그러나, 장호의 경이로운 육체가 그에 반응했다.

비록 소리도, 기파도 장호에게 도달하기 전에 이미 손이 다 가오고 있었지만, 적어도 시각으로는 그 손을 볼 수 있었으니 까.

동시에 장호의 손도 그와 같은 속도로 움직였다.

생육선에 이른 육체는 별다른 무공 초식의 도움 없이도 그 것을 가능케 했다.

쾅!

첫 충돌.

그리고 연달아 장호의 손과 투선의 손이 허공에서 격돌한 다.

서로의 손이 격돌을 시작하자면서 주변의 공기가 밀려나 굉음을 냈다.

"합!"

투선의 두 손이 기괴하게 비틀어지면서 회전한다.

그리고 동시에 장호를 향해 직선으로 때려온다.

장호는 그 손의 움직임을 보면서 자신이 잘 알고 있는 장법 중 하나인 삼독장을 사용했다.

독공의 하나로서, 독기를 세 번 중첩하여 쏘아내는 장법이었다.

콰쾅!

둘 다 강력한 폭발에 뒤로 물러섰다.

이미 주변에 있던 후금제국의 장수들과 황태자 홍타이지는 도주한 지 오래였다.

"내 흑천강기를 두른 손을 막아내다니… 현경에 이른 것도 아니거늘."

투선의 두 눈이 기이하게 빛을 낸다.

장호는 그런 그를 보면서 손을 내려다보았다.

상대의 손은 멀쩡했지만, 장호의 손은 꽤나 자잘한 상처를 입고 있었다.

하지만 그뿐이다.

장호의 손에 생긴 상처는 그 잠깐의 틈 사이에서 스스로 아물어 없어져 버렸다.

"불사호심기공과 같은 건가? 상처가 그리 빠르게 재생하다니?"

"선천의선강기요."

"아하, 그 빌어 처먹을 정도로 대성하기가 어렵다는 선천의선강기란 말이냐? 크크크크, 생육선이라니? 그런 얼토당토않은 것을 이루어냈느냐?"

이빨을 드러내며 재미있다는 듯 웃는 투선.

"흐흐흐흐, 좋다. 강기 정도로는 아무것도 안 되는 모양이군. 게다가, 속도와 힘에서도 내가 밀리고 있어."

사실이다.

장호의 초인적인 육체는 점점 빨라지면서 투선의 속도를 능가하고 있었던 것이다.

"그렇다면… 내가 왜 북방의 투선인지 보여주마!"

그그그그극!

무언가가 기괴하게 비틀리는 소리가 났다.

투선의 몸 주변으로 검은 기운이 뭉게구름처럼 뿜어져 나오더니, 그것들이 다시금 투선의 몸으로 모여들었다.

그것은 그대로 투선의 두 손에 모여들었는데, 그의 두 손에서 뭔가가 분쇄되는 소리가 들려왔다.

"강환이란 강기를 고속으로 회전시키는 것에 불과하다. 하지만, 현경에 이르지 못한 자는 결코 해낼 수 없지. 왜인지 아느냐?"

"모르겠소."

"강기란 기를 강하게 결집하여 결정화한 것이지. 그런 기운들을 움직여서 고속으로 회전시킨다는 건 화경의 힘으로는 가능하지 않아. 이 정도 일을 이루기 위해서는 현경에 이른 자의 힘이 필요하기 때문이다."

투선의 말에 장호는 한 가지 사실을 깨닫고 말았다.

그것은 기라고 하는 힘을 제어하는 것에 대한 것으로서, 현경과 화경의 차이가 어디에서 오느냐에 대한 작은 깨달음이었다.

"그런가."

"하하하. 강환은 그것만으로도 대단하지만… 강환을 사용하는 무공은 더욱 대단하지. 한번 받아보아라!"

윙윙윙윙윙!

무언가가 고속으로 회전하고, 분쇄되는 듯한 소리가 그의 손에서 일어났다.

장호는 그럼에도 불구하고 그의 공격을 피하지 않았다.

장호가 좀 더 빠르다고 하지만, 완전히 모든 공격을 피해낼 정도로 빠른 것은 결코 아니었으니까.

'그쪽이 그렇게 나온다면, 나 역시 힘으로 나갈 수밖에.'

선천의선강기의 기운이 장호의 두 손에 모여들었다.

장호 역시 화경으로서 강기를 다루기에, 그의 두 손에는 강기가 둘러져 있었다.

그 두 손이 허공에서 충돌한다.

크가가가가가강!

기와 기가 충돌하며 생기는 소리는 자연적으로는 들을 수 없는 것이었다.

기괴하고 불쾌한 그 화음은 두 사람의 눈을 꿈틀거리게 만들었다.

"허허! 본좌의 흑천분쇄수를 견딜 줄이야!"

그의 손은 확실히 무시무시했다.

장호의 손에 둘러진 강기를 찢어버리고 있었으니까.

그러나, 장호의 손에 둘러진 강기는 찢어지는 대로 재생하고 있었다.

장호의 내공이 어마어마한 수준에 이르렀기 때문이다.

분쇄되는 속도와 재생하는 속도가 같으니 피해가 전무하다.

"언제까지 버틸 것이냐!"

투선의 움직임이 변화했다.

정중동의 묘리가 뒤섞인 그 움직임은 장호로서도 처음 보는 신묘한 것.

동시에 장호는 생각했다.

가속!

그의 감각이 극한으로 가속한다.

모든 것이 느려지는 것처럼 보이고 느껴진다.

상대의 움직임보다 장호는 더 빨리 움직였다.

퍼퍼펑!

순식간에 둘은 수십 초를 교환했다.

강기의 파편이 주변을 뒤집었고, 투선이 뒤로 물러선다.

장호는 강기의 파편을 몸으로 때우면서 전진했지만, 그는 그걸 피해거나 막아야 했기 때문이다.

"현경에 이른 자는 과연 대단한 것 같소. 하지만… 내가 감당하지 못할 정도는 아니로군."

장호는 뺨의 피를 닦아내며 말했다.

강환의 파편이 얼굴에 직격하여 난 상처지만 피류이 살짝 까진 것 외에는 달라진 게 없었다.

그리고 그것은 이내 아문다.

"허… 괴물이로군. 불사호심기공보다 더한데? 네놈을 죽이고 나서 선천의선강기를 찾아봐야겠다!"

투선이 달려들었다.

이번에는 아까와는 달랐다.

그의 두 손이 여덟 방위를 점하더니, 강환으로 이루어진 장력이 동시에 발출되었다.

장호의 속도로도 이것은 다 막거나 피할 수가 없다.

장호는 그걸 깨달은 순간 그대로 돌진했다.

뼈를 주고 살을 깎으리라!

그 모습을 보며 투선이 사납게 미소 짓는다.

전신에 호신강기가 둘러져 있다지만, 강환을 막을 정도로 밀도가 높지 않다.

두 손에 두른 것보다 얇은 강기의 막은 충분히 뚫어버릴 수 있는 것이다.

콰지지직!

그리고 그는 곧 믿을 수 없는 모습을 목격했다.

장호의 팔, 허벅지, 복부에 강환이 틀어박히면서 믿을 수 없는 일이 벌어졌기 때문이다.

호신강기를 분쇄하고, 그대로 맨살에 닿은 강환은 그대로 살점을 찢어발겼다.

그러나, 살점을 찢어발기면서 강환은 빠르게 흔들리더니 그대로 폭발해 버렸다.

본래라면 사람의 몸뚱이 정도는 간단하게 구멍을 내고 들어가야 정상인데 피부와 근육 일부를 찢고 나서 그대로 폭발하다니?

게다가 폭발이 일어난 그 자리의 상처는 순식간에 재생하여 아물어 버리고 있었다.

"아니!?"

강기에 당한 상처는 제아무리 불사호심기공이라고 해도 쉽게 낫지 않는다.

강기의 진기가 내부에 스며들어 회복을 방해하니까.

피부에 난 잔상처라면 모르나, 근육과 살점에 가해진 강기와 강환의 힘은 회복을 늦추게 만든다.

그런데 저건 뭔가?

근육까지 타격을 입었음에도 순식간에 나아버리다니?

그렇게 놀라는 사이, 장호의 주먹이 날아들었다.

그 속도는 역시 소리를 초월할 정도로 빨랐다.

투선은 급히 두 손을 흔들었다.

유능제강의 수법으로 장호의 손목을 타격하고, 궤도를 수정시키기 위함이다.

콰쾅!

그러나 너무 늦은 반응이었고, 장호가 발산한 경력은 그의 몸을 두드렸다.

퍼펑!

그의 몸이 뒤로 날아갔다.

그는 금세 균형을 잡고 지면에 섰지만, 그의 어깨에는 시퍼런 멍이 들어 있었다.

중상이라고 할 수는 없지만, 여하튼 상처 입었다.

"당신은 불사호심기공이라는 걸 익히지 않은 모양이로군?"

"단점이 있거든. 재생력은 말 그대로 어마어마하지만, 강기의 상처는 제대로 재생하지 못하는 데다가 위력이 극히 떨어진다. 그런데 뭐냐?"

"뭐가 말이오?"

"네 녀석의 그 회복력은 대체 뭐냐? 선천의선강기가 불사호심기공보다 더 뛰어난 것이냐?"

"그런 것 아니겠소? 나도 본 파의 무공이 이런 정도인지는 지금 처음 알았소. 금강불괴, 거기에 더해서 이런 회복재생력까지 있을 줄이야. 이게 생육선인가 보오. 하지만… 아직 멀었다고도 생각하지."

"멀었다고?"

"전승되기를, 진정한 생육선은 불멸불사한다고 했으니까."

불멸불사의 육체!

그것이 진정한 생육선의 경지란 말인가?

신선의 대표적인 능력이 바로 불로불사의 능력이다.

죽음을 초월한 존재들이 바로 신선들이었다.

생육선은 살아 있는 육체를 가지고 신선이 되는 것이니, 불로불사한다는 전승이 사실이라면 지금의 능력도 납득은 갔다.

"하… 괴물이로구나. 네놈 같은 놈이 현경에 이르지 않았다니……"

"피차 마찬가지요. 당신의 능력 역시 경악스러우니… 하나 묻겠소. 심검은 왜 안 쓰시오?"

내 말에 그는 피식 웃는다.

"심검은 확실히 절대경지다. 그러나, 그 위력이 같은 현경에게 통할까?"

"음……."

"마찬가지다. 네 녀석에게 강환도 제대로 통용되지 않는데, 심검이 통하겠나? 나는 아니라고 판단했지."

그는 그리 말하고는 기수식을 취했다.

"흐흐. 생사결을 한 지 정말 오래되었구나. 그래도 상처를 입지 않는 것은 아니니… 내 최고 절초로 네놈을 죽여주마."

"그렇다면… 나 역시 버티어보도록 하지. 그 전에 묻고 싶은 게 있소."

"뭐냐?"

"다른 세 명, 그리고 교주는 어디에 있소?"

장호의 말에 그는 피식 웃는다.

"다른 호법들은 전부 이자성을 처리하러 갔다. 그 역시 현경에 이른 자이고, 은룡문의 문도였던 자. 그러하니 합공을 하는 것이 안전하지."

"그렇군… 그대에게서 살아남는다면, 이자성 황제를 먼저 만나러 가야겠소."

"흐… 그렇다면 살아남아 봐라!"

장호는 호신강기를 거두어들였다.

몸을 두른 강기를 거두고, 그 힘을 몸 전체에 불어넣었다.

내가진기로 육체 전체를 더 강화하는 방법을 사용한 것이다.

그러자 그의 몸에서 일어나는 황금 광채가 더더욱 밝아져 하나의 작은 태양 같았다.

그와 반대로 투선의 몸에서는 어둠이 일어나 무섭게 소용돌이쳤다.

텅!

먼저 움직인 것은 투선.

그의 몸이 가벼운 깃털처럼 허공으로 떴다.

그리고 이내 잔상을 남기며 공기를 찢으며 번개처럼 닥쳐들었다.

그의 두 손이 경이적인 무리를 담고 움직여, 이내 시간을 뛰어넘었다.

그러나, 그러한 속도를 보이는 투선의 움직임에도 극한을 넘어 초월한 육신을 지닌 장호는 그의 행동을 포착하고 반응에 들어갔다.

펑. 퍼펑!

두 손이 서로 맞부딪친다.

그리고, 그 순간 장호는 믿을 수 없는 경험을 했다.

상대의 두 손을 막아낼 수 없다.

그의 공격과 방어 모두, 튕겨져 나오고 만다.

이는 상대가 명백히 자신보다 압도적으로 더 높은 수준의 무리를 이해하고 체득하고 있다는 것을 시사한다.

그러나 장호 역시 백전연마의 무인.

자신의 강점을 내세우기 위해서 동귀어진의 수법을 사용했다.

상대의 공격을 그대로 허용하고 마주 손을 뻗은 것이다.

그리고 상대의 두 손이 그대로 장호의 심장을 노렸다.

콰드드득!

믿었던 육체가 뚫렸다.

상대의 손은 그대로 파고 들어와 심장을 쥔다.

장호의 손 역시 상대의 목을 잡고 있었다.

"흐… 역시. 안 되는 건 안 되는 거야."

"확실히 그렇소."

"자, 이제 죽… 아니?"

꾸우욱.

그러나.

장호는 힘을 잃지 않았다.

장호의 손은 투선의 목을 그대로 조른다.

"내 몸은 생각보다 대단한 모양이군. 잘 가시오."

우드득!

투선의 목이 부러지며 대롱거린다.

그러자, 투선의 두 손이 그대로 장호의 가슴에서 빠져나왔다.

분명 심장은 박살 났지만, 그것은 빠르게 재생하고 있다.

이 정도면 진정으로 불사신이라고 해도 과언이 아니리라.

장호는 무심히 시체를 내려다본다.

그러고는 그 시체에 장력을 발출해 산산이 조각내 버리고는 태양신공으로 깔끔히 태워 재로 만들었다.

"잘 가시오. 나중에 지옥에서 봅시다."

장호는 그대로 그 자리를 떠났다.

第八章

북경대전

거대한 도시에는 그만큼 거대한 어둠이 자리하고 있다.
크고 활기찬 만큼 그림자가 짙은 것이다.

도시에 대한 기억

"현경의 경지에 이른 이도 이길 수는 있군그래."

장호는 밤하늘을 바라보면서 걷고 있었다.

그의 옷이 전부 찢어졌기 때문에, 다른 후금제국군의 옷을 하나 훔쳐 입고서 걷는 중이었다.

"이자성 황제는 살아 있으려나……."

현경의 경지에 이른 이들이 세 명이나 갔다고 했다.

장호가 황궁으로 가는 것은 확인을 위한 것뿐이다.

이번 싸움에서 장호는 현경을 확실하게 이길 수 있다고 장담할 수는 없지만, 적어도 죽지 않고 대항 가능하다는 것을 알았다.

설마 심장이 박살 났는데도 재생해 버릴 줄이야.

이 정도면 인간을 초월했다는 의미를 더욱 뛰어넘는다.

요괴라고 해도 과언이 아니었다.

물론 심장을 회복하기 위해서 막대한 내공이 소모되었고, 그 내공을 아직도 회복하지 못했다.

그래서 이렇게 걷고 있는 것이다.

사실 빨리 간다고 해서 결과가 달라지는 상황도 아니다.

이자성 황제의 죽음을 확인하면 그뿐이니까.

"그놈의 흐름인지 뭔지가 대체 뭐라고……."

현경에 이른 이들.

그들은 확실히 강했다.

생육선에 도달해 심장마저 회복하는 기예가 아니었다면, 그리고 그가 방심하지 않았다면 장호가 죽었을 것이다.

만약 머리가 박살 났다면 어땠을까?

그럼에도 부활할 것인가?

아니. 그럴 리가.

게다가 생육선이라고 해도 만능은 아니다.

내공이 있었기에 심장을 회복했지, 기운이 모자랐다면 회복하지 못하고 장호도 거기서 죽었을 것이다.

즉 장기전으로 가면서 장호의 내력을 고갈시키거나, 장호의 머리를 부수면 장호도 죽는다.

물론 쉬운 일은 아니다.

장호도 내단을 완성하여 내공의 회복 속도가 기이하리만 치 빠르기 때문에, 장호의 내공을 바닥나게 만든다는 것은 적 어도 장호의 팔 하나 정도는 잘라내야 가능할 테니까.

혹은 강환의 공격으로 근육까지 상하게 하는 공격을 몇 번 이고 퍼부어 장호를 지치게 만들어야 했다.

그건 현경에 이른다고 해도 쉬운 일이 아니다.

게다가 장호가 도주하기로 마음먹는다면 아예 감당할 수 없고.

장호는 별을 보면서 걷는다.

내공은 아직 전부 회복되지 않았다.

앞으로도 회복되려면 적어도 하루는 걸리리라.

무려 오 갑자에 달하는 내력을 전부 써버렸다.

오 갑자의 내력을 회복하기 위해서는 내단이라고 해도 하 루는 필요할 정도였다.

그렇게 걷던 와중이다. 저 멀리 큰 불길이 치솟아 오르고 있었다.

'이 근처에는 마을이 없는데?'

장호가 그렇게 생각하며 불길로 다가갔다.

그곳에는 일단의 무리들이 야영을 하고 있었는데, 아무리

봐도 관군이나 후금제국의 군대도 아니었다.

강호인이다.

강호인 삼십여 명 정도가 야영을 하고 있었다.

그리고 그들 중 하나가 장호를 발견했다.

"어라……."

장호는 상대가 누군지 알았다.

체향, 몸짓, 그리고 그 소리까지.

"오랜만이에요, 장 문주님."

"오랜만이군요, 제갈 소저."

제갈화린.

그녀가 장호의 앞에 서 있었다.

＊　　　　＊　　　　＊

"식사 대접은 고맙습니다. 이런 야외에서 이런 음식을 먹을 수 있을 줄은 몰랐군요."

"마음에 드셨다니 다행이네요. 요리를 배우신 분이 호위단 중에 있었거든요. 조리 도구나 향신료 같은 것은 따로 들고 다니죠."

"호화롭군."

"호화롭죠. 장 문주님도 이런 호화로운 여행은 가능하지 않으신가요?"

"가능이야 하지만, 굳이 신경 쓰지는 않습니다. 임 총관이라면 신경을 쓰겠지만."

"임 총관이라면 혈서생 말씀이시죠?"

"그렇습니다."

"그는 뛰어나신가요?"

그녀의 질문에 장호는 피식 웃었다.

"그가 없었다면 의선문이 지금의 크기를 유지할 수 없었을 거요."

"확실히… 그런 면에서 능력 있는 분이라고 할 수 있겠네요."

그녀는 순순히 고개를 끄덕였다.

모닥불이 타오르는 야영지.

장호와 제갈화린은 간이 의자에 앉아서 서로를 마주 보고 있었고, 그들의 앞에는 간이 탁자가 놓여 있었다. 접을 수 있게 만들어진 것으로, 여행할 때 쓰기 좋아 보였다.

그 탁자 위에는 방금 만들어진 몇 가지 요리가 올려져 있다.

그리고 향기로운 술도 한 병 올려져 있어서, 누가 봐도 훌륭한 식탁으로 보였다.

"그래. 나를 기다린 이유가 무엇입니까?"

장호는 그녀를 처음 보았을 때부터 하오체가 아닌 높임말을 썼었다.

그것은 전생에서부터의 인연이었고, 지금도 말투는 고치고 있지 않다.

"장 문주님의 행보를 막고자 왔죠."

"나의 행보?"

나의 행보라니?

무슨 나의 행보?

장호는 잠시 생각에 잠겼다.

그리고 이내 답을 떠올렸다.

"그대는 내가 황밀교와 반목하지 않기를 바라는 겁니까?"

"그래요."

"왜? 제갈세가는 황밀교와 손을 잡은 건가?"

장호의 말에 그녀는 놀랍게도 고개를 끄덕였다.

"그래요."

"허……."

장호는 믿을 수 없다는 눈이 되었다.

"이미 세상은 바뀌었어요. 과거의 구파일방과 팔대세가는 이제 지금과 다르지요. 이미 팔대세가 중 몇 개는 없어졌고, 구파일방도 마찬가지예요."

"구파일방과 팔대세가 중에서 멸문에 이른 곳이 있다는 이야기는 못 들었소만?"

그녀는 살풋 미소 짓는다.

"아직은 아닐 뿐이죠. 아직은. 곧 몇 개의 문파가 사라질 거예요. 황밀교가 이미 움직이고 있으니까요."

본격적으로 나서는 건가?

전생에서는 황밀교의 난이라고 부를 정도로 황밀교가 직접적으로 움직였다.

현생에서는 지금까지도 황밀교가 직접적으로 모습을 드러내 놓고 있지 않다.

그 차이는 대체 어디에서 나오는 걸까?

중요한 것은 그런 황밀교가 이제는 본격적으로 움직인다는 것이다.

그들의 전력은 강호 전체를 합하여도 상대하기가 쉽지 않다.

그뿐인가?

황밀교의 사대호법이라는 존재들은 강호에서 상대할 자가 없었다.

은룡문이 나선다면 모르나, 그들은 어째서인지 강호의 일에는 철저하게 방관했다.

"그러니 그만두세요. 당신도 황밀교가 내민 손을 잡는 게 좋아요."

"이미 그들의 사대호법 중 하나가 내 손에 죽었습니다."

장호의 말에 그녀의 아름다운 두 눈이 커진다.

"당… 당신. 현경에 입문한 건가요?"

"그건 아니지만… 현경에 이른 자라고 해도 죽일 정도는 되었죠."

아직도 장호는 화경에 머무른 상태다. 현경에 이른다는 것이 무엇인지 알지 못하고 있는 중이었다.

"어떻게 그게 가능하죠?"

운으로는 불가능하다.

화경에 이른 이들끼리라면 운에 기대어 생사가 나누어질 수도 있지만 현경은 탈인간의 경지.

운으로는 이길 수 없다.

그녀는 그걸 알기에 의문을 담았다.

"본 문의 무공이 천하최강이기 때문이지."

장호는 간단하게 답해주었다.

실제로 그렇기도 했다.

현경에 이른 자라고 해도 방심하면 죽일 수 있는 육체라니.

생육선이라는 게 괜한 것이 아니었다는 것이다.

게다가 장호는 심장이 파괴당했던 그 당시의 전투를 통해서 육체가 조금 더 나아졌다는 것을 느끼는 중이다.

육체의 내구성도 더욱 높아진 느낌이었고, 육체의 모든 것을 제어하고 있다고 해야 할까?

재생 능력 역시 더욱 높아진 상태였다.

"생육선… 진위조차 불분명했는데…….''

"확실히 나도 놀랐었습니다. 이 정도로 강해질 줄이야…
사실 상승의 무리 때문에 이긴 게 아니죠. 이 육체가 이미 현
경으로서도 감당하기 버겁기 때문에 이긴 거니까.''

만년한철이라고 하면 강기도 견디어낼 정도로 견고한 금
속이다.

그러나, 그런 금속도 지금의 장호는 맨손으로 우그러뜨릴
수 있다.

순수한 근력이 강기를 능가하고 있는 셈이니, 현경에 이른
자도 죽인다.

실제로 투선은 그렇게 죽었다.

만약 장호처럼 외공을 극한으로 익혀 현경에 이른 자라면
어떨까?

그 자라면 장호를 이길 수 있을까?

그것은 알 수 없다.

두고 봐야 알 일이다.

그리고 장호는 멈출 생각이 없었다.

모든 것은 스승님이 전해준 의지를 잇기 위해서…….

애당초 과거로 회귀를 했을 때의 장호는 황밀교를 배제한

다거나 할 생각은 그다지 없었다.

장호의 목표는 어디까지나 생존.

황밀교의 난에서 죽거나 밀려나지 않고 가족을 지킬 정도의 세력을 일구는 정도였다.

그럴 수 있는 지식은 충분했다.

그러다가 의선문주인 스승을 만났다.

전생에서는 아무런 역사적인 발자취도 남기지 않았던 스승님.

그의 의지를 이어받았고, 의선문의 모든 것을 이어받았기에 지금의 모습이 되었다.

이것은 운명인가?

아니라면 이리된 것은 대체 무슨 이유인가?

"하지만 당신이 나머지 사대호법을 처리한다 해도 황밀교주를 어쩔 수 없을 거예요. 그는… 이미 현경 너머의 경지라고 했으니까."

현경 너머의 경지라?

흔히 초월경이니, 자연경이라고 부르는 그 경지 말인가?

현경이 천지교태를 이루고 상단전을 이용하여 천지자연의 기운을 마음대로 휘두르는 존재라면 과연 그 너머의 경지는 어떠한 경지일까?

"그래도 해야 합니다."

"무엇을 위해서요?"

"사람을 도우라. 그게 본 문의 의지니까. 나는 스승님께 의지를 이어받았습니다. 그러니, 저는 제가 하고자 하는 일을 할 뿐입니다. 어차피……."

장호는 피식 웃었다.

"덤으로 사는 삶 아닙니까? 그렇다면 하고 싶은 일을 해야겠죠."

장호의 말에 그녀의 표정이 멍하게 변한다.

"사대호법 중 하나는 제 손에 죽었으니… 나머지 셋은 어디에 있는지 아십니까?"

"황궁에요."

"이자성 황제는?"

"몰라요. 그들이 황궁에 들어간 이후로, 황궁에 접근하지 않았으니까. 그 주변에 정보원을 심어두었는데, 적어도 오늘 보고까지는 그들도 나오지 않았어요."

"현경에 이른 이들의 감시가 가능한 겁니까?"

"그들을 포착하는 것이라기보다는 그들이 부리는 사람들을 지켜보는 거니까요."

"흠……."

그렇다면 아직 황궁에 있으려나?

이자성과 계속해서 싸우고 있는 것일까?

아니면…….

"가보면 알겠군."

"말릴 수 없겠군요."

그녀는 한숨을 내쉬었다.

그러고는 품에서 한 권의 책을 꺼내었다.

"무엇입니까?"

"본 문의 신공절학 중 하나, 오행신공이에요."

오행신공!

제갈세가에 내려오는 3가지 절세신공이 있으니 하나하나
가 다 무시무시한 무공이었다.

현천뇌현공.

오행신공.

음양팔괘백팔공.

셋 다 보통의 두뇌로는 깨달을 수 없는 무지막지한 무공인
데, 더 무서운 사실은 이 세 가지 신공을 한꺼번에 다 익힐 수
있다는 점이다.

오행신공을 먼저 깨닫고, 그다음 현천뇌현공을 익힌다.

그다음으로 음양팔괘백팔공을 익힌다면 천하에 적수가 없
다는 이야기가 전설처럼 내려오고 있다.

물론 오행신공을 대성하는 자도 거의 없다.

그만큼 난해하기도 하지만, 기운을 다루는 데에 어려움이

있기 때문이었다.

오행신공은 만물을 오행의 관점으로 해석하는 것으로, 이를 대성하면 무한의 내공에 금강불괴의 육체를 가질 수 있으며 그 어떤 호신강기도 파훼할 수 있다고 한다.

그래도 백 년에 한 번 정도는 오행신공을 대성한 이가 제갈세가에 나타나는데, 그 때문에 제갈세가의 세 가지 신공절학이 허무맹랑한 것은 아니라는 이야기가 있었다.

"만약 당신이 성공한다면, 본 가를 적대하지 말아주시길 바라요."

"제갈세가에서 저를 먼저 적대하지 않는 한, 저도 제갈세가를 적대할 일은 없을 겁니다."

장호는 오행신공을 받아 들었다.

그리고 제갈세가의 야영지를 떠났다.

목표는 북경의 자금성.

황제의 생사를 확인하고, 황밀교의 호법 세 명을 만나야 한다.

                    *   *   *

장호가 북경으로 향하고 있을 즈음.

사천성의 청성파에 일단의 무리가 다가오고 있었다.

그들은 구름 한 점 없이 맑은 하늘 아래에 나타나 그대로 청성파의 정문으로 다가왔다.

그 수는 고작 열 명이었지만, 강렬한 기운을 가지고 있는 이들이 태반이었다.

"멈추시오! 본 파에 무슨 일로 오신 것이오?"

청성파의 산문을 지키고 있던 도사 중 하나가 나서며 소리를 지른다.

그러자 그들 열 명은 멈추어 서더니 말했다.

"우리는 황밀교에서 왔다. 오늘 청성의 검을 구경하려고 왔으니 검이나 뽑아라."

"이런 무도한 자들을 봤나! 감히 본 파의 앞에서 무어라 지껄이는 것이냐!"

창!

청성의 도사가 검을 뽑아 들었다.

그의 검에서 검기가 줄기줄기 뻗어 나오는 것으로 보아 확실히 절정의 검수로 보였다.

"시끄럽군."

황밀교에서 왔다고 밝힌 사내는 손을 가볍게 흔들었다.

그러나, 그 손짓이 만들어낸 모습은 결코 가벼운 것이 아니었다.

우르르릉! 하고 천둥이 치는 소리가 나더니 무형의 어떤 기운이 시야를 일그러뜨렸다.

아지랑이 때문에 빛이 굴절되듯이 일정 공간의 시야가 일그러지면서 청성의 도사를 덮친 것이다.

그건 항거할 수 없는 무형적인 힘이었다.

우드드득!

뭔가가 폭발하거나 하는 소리도 나지 않고 도사의 흉부가 으스러지며 순식간에 피투성이가 되며 뒤로 나가떨어졌다.

"컥!"

입과 눈, 그리고 귀와 코로 피를 쏟아낸다.

이미 상반신은 거대한 뭔가에 짓눌린 것처럼 으스러져 있었다.

"이 무슨……."

문을 지키고 있던 다른 청성의 도사들의 두 눈이 크게 뜨이고, 경악에 찬 소리를 낸다.

듣도 보도 못한 공격에 놀라고 만 것이다.

"이익! 살계를 열어라!"

청성의 도사들은 그럼에도 검을 뽑아 들고 대지를 박찼다.

절정의 경공이 펼쳐지며 그들은 황밀교에서 왔다는 이들에게 달려들었다.

"송사리들 같으니."

황밀교에서 왔다는 이들이 본격적으로 움직인다.

그들의 손이 두세 번 정도 휘둘러지자 그대로 달려들던 청성의 도사들은 반항도 못 하고 사지가 조각나며 피를 쏟아냈다.

어떤 이는 내장을 쏟아냈고, 어떤 이는 목이 잘렸으며, 어떤 이는 두 다리를 잃었다.

"크아아악!"

"청성은 오늘 사라진다."

황밀교의 무인들은 그대로 정문을 박살 내더니 안으로 걸음을 옮겼다.

*　　　*　　　*

청성파만 공격받은 것이 아니었다.

사천성의 대문파인 사천당문.

아미파 역시 전부 공격받았다.

그리고 세 문파 모두 멸문했다.

그들 문파의 사람들 전원이 다 죽은 것은 아니지만 중요 전력은 전부 죽임당하고 말았다.

장문인, 가주.

이들이 죽었고 원로원과 같은 숨겨진 비밀 전력까지 몰살시킨 것이다.

원로나 장로들 중에서 후지기수들과 도주한 이들도 있었지만 황밀교는 도주한 자들까지 쫓지 않았다.

세 문파의 본진을 파괴하고, 주요 전력을 몰살시킨 것으로 충분하다고 생각한 모양이다.

그렇게 사천성의 대문파를 정리한 황밀교는 중소문파들을 방문했다.

그리고 그들을 반목하게 만들었다.

중소문파들은 황밀교에게 굴복하면서 살아남기 위해서 다른 중소문파를 공격해야만 했다.

황밀교가 제시한 조건 때문이다.

하나의 작은 지역에 하나의 문파만 존재할 수 있다.

예를 들어 사천성의 양현이라는 도시가 있다면, 그 안에 문파는 하나만이 존재할 수 있다는 것이다.

만약 문파가 두 개이거나 세 개라면?

서로 싸워서 하나만 남아야 한다.

때문에 사천성에서는 때아닌 혈풍이 불어닥쳤다.

그리고 이런 경악스러운 일이 사천성뿐만이 아닌 다른 지역에서도 일어나고 있었다.

운남성과 감숙성도 똑같은 상태가 되고 말았다.

운남성에는 점창파와 오독문이 있었고, 감숙성에는 공동파가 있었다.

그들도 멸문당하고, 살아남은 이들은 필사적으로 정무맹을 향해 움직였다.

정무맹은 소림사, 무당파, 황보세가 등이 결집한 세력으로, 개방을 주축으로 해서 만들어진 정의맹과 비슷한 규모였다.

그리고 강호의 정세가 빠르게 변하는 사이 장호는 드디어 북경의 자금성에 도착해 있었다.

*　　　*　　　*

피부가 따끔거린다.

짙은 혈향이 코를 찌른다.

북경은 거대한 도시임에도, 그리고 지금은 활동을 해야 할 시간임에도 사람들은 거리에 나오지 않고 있었다.

거리에 걸어 다니는 것은 갑옷을 입은 관군뿐으로, 그들의 행동도 몹시 이상해 보였다.

동공이 확장된 채로 눈이 풀려 있고, 절도 있게 움직이지만 어떤 판단력은 없어 보였다.

섭혼술에 당한 것인 듯 입에서 침을 흘리는 자들도 있었다.

'이자성에게 문제가 생긴 것은 확실하군.'

장호는 그런 모습을 지켜보고서 이러한 결론을 내릴 수밖에 없었다.

하지만 더 기괴한 것은 이들의 모습이다.

어떤 이가 거대한 섭혼술을 사용한 것인가?

만약 그렇다면 그는 무서운 존재일 것이 분명했다.

남방의 독선만 해도 이긴다고 장담하기 어렵다.

투선도 만약 그가 방심하지 않았다면 이기지 못했을 것이다.

생각해 보면 장호를 상대하는 이들은 대다수가 방심을 한다.

장호의 능력과 무공이 보통 강호의 무공과 궤를 달리하기 때문이다.

장호는 북경의 모습을 바라보면서 밤이 되기를 기다렸다.

그리고 밤이 되자 자금성의 성벽을 넘었다.

어마어마한 숫자의 병력이 자금성을 둘러싸고 있었지만, 그들로서도 장호를 잡아내는 것은 불가능했다.

장호는 그대로 자금성 안으로 숨어들었고, 동시에 당혹했다.

기운이 느껴지지 않았다.

현경에 이른 자들이 기운을 감추고 있는 건가?

그렇게 생각할 적에 강렬한 피의 향기를 맡았다.

적어도 수백이 죽어나갈 정도의 피 냄새!

장호는 즉시 피의 향기가 느껴지는 곳으로 향했다.

그곳은 자금성의 대전이었다.

본래라면 황좌에 황제가 착석하고, 대소신료들이 정무를 보는 공간이다.

그러나 지금 그곳에서는 수백 구의 시체가 쌓여 있었고, 살아 있는 수십의 사람들이 서로를 죽이기 위해서 알몸으로 주먹과 손톱을 휘두르고 있었다.

"으아아아! 죽어어!"

"죽어! 죽어! 죽어어어어!"

"먹을 거야! 먹을 거라고! 물어뜯어 먹을 거야아아!"

미쳐 버린 듯 사람들은 서로를 죽이고 있다.

그 원시적이고 흉악한 모습에 장호는 잠시 흠칫하고 말았다.

대체 이게 무슨 일이란 말인가?

"이런 이런. 북방의 투선은 대체 뭘 하고 있길래 그대가 이곳에 오는 것을 방치한 것이지?"

그때다.

황좌에서 희뿌연 안개가 생겨나더니 말이 들려왔다.

생생한 육성이지만, 그 안개는 사람의 형상을 하고 있지는 않았다.

술법인가?

장호는 눈살을 찌푸렸다.

술법에 대해서는 장호도 제법 알기는 한다.

대처법도 몇 개는 알지만 문제는 고명한 술법에 대해서는 모른다는 것이다.

"당신은 누구요?"

"나는 동방의 영선이라고 하네. 그대는 의선문주 장호겠지?"

"그렇소."

"투선과 만났나?"

"그렇소. 그리고 그는 내 손에 죽었소."

장호의 말에 안개가 일렁거린다.

"허. 진짜로군. 투선이 죽다니… 진환마제와 금의마선에게도 살아남았던 녀석이……."

진환마제? 금의마선? 진환마제에 대해서는 들어본 적이 있었다.

사마밀환을 제작한 자이며, 결국 등선한 자라고 했던가?

마(魔)의 길로써 등선하였으니, 이 존재가 얼마나 대단한지 알 수 있을 것이다.

"그래, 사마밀환의 전승자여. 이곳에는 무슨 일로 왔나?"

"그 전에 묻겠소. 이 모든 것은 그대가 한 일이오?"

"이 시산혈해의 장면 말인가? 맞네. 내가 했지."

"당신은… 악(惡)이로군."

세상에 악인과 마인은 많다.

그리고 황밀교의 사대호법 중 하나라는 자가 이런 악인이라면 황밀교도 결국 악의 집단이라고밖에는 볼 수 없다.

"이것만 보고 섣부르게 판단하지 말게나. 물론 내가 악인이 아니라고 말하기는 어렵지만, 이 행위는 악행이 아닐세."

이건 또 무슨 소리인가?

"그게 무슨 궤변인가?"

"하오체도 때려치웠나? 뭐 좋아. 설명을 해주지… 투선을 죽였다면, 그럴 자격은 있으니."

영선이라고 스스로를 밝힌 자는 이야기를 늘어놓는다.

"내가 하고 있는 것은 처벌일 뿐이야. 이들은 부정부패를 일삼고, 자신의 이익을 위해서 사람들을 죽였으며, 그 악행이 하늘에 닿을 정도로 사특하게 살아온 작자들이지. 이 시체가 보이나? 이놈은 인육 먹기를 즐겨하여 어린 동남동녀를 사다가 그 살을 바르고 튀겨 먹었다네. 이놈은 어떤지 아나? 이놈은 어린 소년을 간살하기를 즐겨하는 악질이었지. 반드시 범하면서 죽이는데, 그때 지고의 쾌락을 느낀다더군. 이놈은 또 걸작이지. 사람을 납치해다가 신체를 잘라 납치자 본인에게 먹이면서 즐기던 놈이야. 여기 이 여자는 예뻐지겠다고 동녀를 죽여 그 피로 목욕을 했고, 이 새끼는 불로불사를 하겠다고 사람 백여 명을 죽여 그 심장으로 단약을 만들던 작자이지."

듣기만 해도 구토가 치밀어 오르는 끔찍한 말들에 장호도 할 말을 잃어버렸다.

"그래서 처벌 중일세. 죽어도 죽지 못하고, 계속해서 싸우며 고통을 받게 만들었지. 탈백탈혼윤회저주금쇄진이라고 하는 진법인데, 이 안에서는 죽어도 계속 살아나서 저렇게 싸운다네. 어때, 멋지지 않나?"

회색의 안개는 큭큭거리며 웃는다.

"내가 영선이라고 불리는 이유가 여기에 있다네, 나는 무공보다는 영적인 일에 더 일가견이 있지. 좌도와 우도의 술법을 모두 익혔으며, 사도와 정도의 주술에 모두 능통하지. 때문에 더더욱 가증스러운 저 하늘의 율법을 거스르지 못하고 있지."

"하늘의 율법? 과거 노동제일문의 전승자가 만들었다는 것을 뜻하오?"

"맞아, 그거야. 선함을 강제하는 그 빌어먹을 법칙. 나 같은 악한 존재에게는 짜증이 나는 일일 수밖에. 그래서 지금은 이렇게 처벌 같은 소소한 즐거움밖에 누리지 못하고 있지."

스스로를 악한 존재라 일컫는다.

그런 그의 모습에 장호는 눈살을 찌푸렸다.

"자, 대충 설명은 해준 듯하군. 나는 어쨌든 세상의 규칙을 지키고 있다. 악업이 깊은 녀석들을 처벌하며 유희를 즐기는 것은 규칙에 위배되지 않아. 너는 나에게 무슨 볼일이지? 투선과 싸운 것처럼 나와 싸워볼 테냐? 그것도 좋긴 하다만, 이유는 무엇이냐?'

사대호법.

이들은 다른 이들에 대한 생사에 전혀 관심이 없는 것 같았다.

생각해 보면 그럴 만도 하다.

호법이라는 위치가 어떤 집단의 대표적 성향이라면, 다른 사대호법들은 다른 집단의 대표일 뿐인 것이다.

동료라기보다는 동맹적 관계이고, 그것도 그리 협조적인 이유는 아닌 듯했다.

"그대들이 잘못되었다고 믿기에 싸우는 거요. 이유가 달리 있겠소?"

"하하하하! 잘못되었다? 그래, 우리가 악이라 이거냐? 그렇다면 정말 잘못된 생각을 하고 있는걸? 내가 악(惡)한 존재인 것은 부정할 수 없는 사실이다. 하지만 다른 사대호법은 어떨까? 그리고 본 교가 과연 악한 집단일까? 너를 최초로 만난 남방의 독선만 하여도 선(善)한 존재라고 확언해 줄 수 있다. 네 목숨이 붙어 있는 것이 바로 그 좋은 예이지."

"선악의 문제가 아니오. 그대들의 행동 자체가 옳지 않다고 생각하는 것뿐."

"선과 악의 문제가 아닌, 정치적인 문제인가?"

"그것도 아니오."

"그럼 뭐가 문제인가?"

"누군가를 희생시켜야만 한다는 사실이 문제요."

장호의 말에 하얀 안개인 영선은 말을 이어나가지 못했다.

"그대의 말대로 이것은 세계의 흐름일 수도 있소. 그대들의 집단이 선의로 이런 행동을 할 수도 있소. 아니, 그 모든 것이 옳다고 가정해 보고 말한다 해도……."

장호는 두 눈을 감았다 떴다.

그의 두 눈에서 황금빛 서기가 뿜어져 나왔다.

"그러나, 그로 인해서 무고하게 희생당하는 이가 있다는 것이 마음에 들지 않을 뿐!"

"흐하하하하하하! 무고한 자라고? 이 세상에 태어나 무고한 자가 대체 누가 있단 말이냐? 원죄라는 게 존재한다는 것을 너는 아느냐?"

"원죄?"

"생명체는 태어나서 무언가를 잡아먹어야만 한다. 자신 외의 존재에게 해를 가해야지만 생존한다는 말이다! 태어난 모든 것들이 죄를 짓고 살아가는데, 무고한 자가 어디에 있느냐? 네가 생각하는 무고하고 죄 없는 자들이란, 인간의 기준에서 만들어진 허상이다!"

"하! 그렇다면 그대는 왜 저들을 고문하는 건가? 그대의 말 대로라면 저들의 죄악은 인간의 기준일진저!"

"하하하! 네 반은 맞고 반은 틀리다. 저들은 죄악을 가지고 있지. 인간으로서의 죄악이 아닌, 생명체로서의 죄악을."

생명체로서의 죄악?

"그 어떤 생명체도 먹기 위해서가 아닌 유희로서 다른 생명체를 해한다면 그것이 바로 곧 대죄인 것이다."

영선의 말에 장호의 두 눈이 크게 떠졌다.

"살기 위해서 무언가를 죽이고 먹는 것을 소죄라고 할 수 있지. 이들은 처벌받을 필요가 없는 존재이다. 원죄가 있다 하나, 세상을 살기 위한 필수적인 죄를 저질렀으니까. 하나, 자신의 먹이가 아님에도 자신의 만족감을 위해서 타인을 살해하는 자는 이 세계의 해충이며 해악이지. 그들의 대죄는 오로지 죽음으로밖에는 속죄할 수 없는 것이다!"

영선의 하얀 안개가 점점 증식해 간다.

"그렇기에 나 스스로가 대악대죄(大惡大罪)한 자라는 것을 속이지 않는다. 나는 명백하게 내 즐거움을 위해서 사람을 죽이니까. 그러는 네 녀석은 어떤가? 유희로서 살인을 즐기는가?"

"그게 황밀교의 기준인가."

"그렇다네. 본 교의 기준이지. 그리고 이 기준에 반하는 행동을 하면 죽어야만 해. 그게 본 교의 율법이며, 찢어 죽일 노동제일문주의 의지다. 자네가 현경에 이른 자라면 이를 느꼈을 테지만… 그런 이야기는 그만하도록 하지."

영선의 안개가 점점 짙어진다.

"자네는 본 교에 대항하였으며, 나를 공격하기 위해서 이 자리에 왔다. 그렇지 않은가?"

"맞소."

"그렇다면 이것은 적법한 혈투이다!"

장호는 예리하게 활성화된 감각으로 사방에서 조여오는 강력하고 살의 어린 기운을 느낄 수 있었다.

콰쾅!

그것은 이내 장호의 전신을 두드린다.

그의 옷은 단번에 갈기갈기 찢겨져 흩어졌지만, 그 육체는 멀쩡했다.

"허! 강기와 같은 본좌의 영연파쇄기를 견딘단 말인가?"

"투선이 왜 죽었는지 아시오?"

장호는 안개 속을 노려본다.

이미 영선의 모습은 안개 속에 가려져 보이지도 않았다.

이 안개 전체가 영선의 것이라면, 당연한 것일 터다.

술법과 좌도방문의 대가라면, 지금껏 장호가 만나본 적이 없는 종류의 적이라고 할 수 있을 것이다.

"왜냐?"

"나를 죽이지 못해서 죽은 거요."

일견 헛소리 같아 보이는 그 말 속에 숨은 뜻을 영선은 바로 알아차렸다.

"금강불괴를 초월했는가? 믿을 수 없다!"

쏴아아아아!

사방에서 안개가 꿈틀거리며 다가든다.

안개처럼 보이지만 강기로 이루어진 기운의 덩어리였고, 그것에 닿은 모든 것이 산산이 부서지며 흩어져 버렸다.

심지어는 시체들조차도 바스라지고, 그 피도 산산이 흩어져 사라져 버렸다.

그 안개가 장호의 전신을 두드린다.

마치 대패 수십만 개가 몸을 갈아버릴 듯이 충돌해 오는 감각 속에서 장호는 그저 굳건히 버티고 섰다.

"허허!"

안개 속에서 경악에 찬 목소리가 들려온다.

그러나 장호는 꿈쩍도 하지 않았다.

투선과 싸우면서 장호의 능력도 어느 정도 진일보했기 때문에, 지금의 장호는 투선과 싸울 때보다도 더 고강한 힘을 지니고 있는 상태였다.

당연하지만 육체의 강함도 상상 이상으로 강했다.

강기에 그래도 생체기가 났었던 과거에 비해서 지금은 강기에 아무런 상처를 입지 않았다.

"이게 다라면 그대가 내 손에 죽을 거요."

장호의 몸에서 황금빛 광채가 서서히 일어났다.

그것은 어둠을 사르는 일출 같았다.

"대단하구나. 하지만 이곳에 나만이 있는 것이 아니다."

영선의 말과 함께 강기의 안개가 걷혀 나갔다.

그리고 그 자리에는 두 명의 사내가 서 있었다.

한 명은 과거에 본적이 있었던 남방의 독선이었다.

그렇다면 다른 한 명은 분명 서방을 책임지는 자일 것이다.

동방의 영선, 남방의 독선이 이 자리에 있으니, 그가 서방의 지존임은 당연한 일이 아닌가?

"그대는 누구요?"

"본좌는 서방의 마선이라고 하지. 대단하군……. 선천의선 강기가 극에 이르면 용이 되는 건가?"

"용?"

"흠… 과거에 스스로 용이 된 이가 있었다. 진다전이라는 이름을 가진 이였는데… 진환마제보다는 못하지만, 무서운 자였지."

그 인간은 또 누구지?

장호는 속으로 그리 생각하며 용이 되었다는 이야기에 집중했다.

단지 비유적인 표현이 아닌 모양이니까.

"용은 완전무결한 생명체를 가리키는 단어이다. 뱀이 수련을 쌓아 이무기가 되고, 이무기가 용이 된다. 즉 뱀이라고 하는 종족에서 용이라고 하는 종족이 되는 것이다. 전혀 별개의 생명체가 된다는 것이지. 단지 뱀뿐만이 아니야. 잉어가 천년을 수련해서 용이 되었다는 이야기는 유명하지 않은가? 때문에 인간도 용이 될 수 있다. 그러나 대다수의 인간들은 용이 되기보다는 정신적인 완결을 통해 등선하는 걸 원하지."

전혀 들어본 적이 없는 이야기였다.

"지금 그대를 보니 선천의선강기는 용이 되기 위한 무공이 아닌가 싶군."

마선의 말에 장호는 일리가 있다고 여겼다.

내공을 모으는 속도가 너무나도 느린 선천의선강기다.

그러나, 한번 경지에 이르면 눈덩이가 비탈길을 구르며 커지듯이 점점 강대한 힘을 손에 넣게 된다.

지금의 장호라면 그 수명은 수백 년에 이를 수도 있을 정도다.

상처를 입어도 순식간에 재생하는 괴물 같은 몸이니, 수명이 수백 년에 이르는 것 정도는 아무것도 아닐 것이다.

이대로 내공을 계속해서 모으고, 육체가 계속 성장한다면 대체 어떤 경지에 이르게 되는 것인가?

이대로 수백 년간 수련하여 단련된 육체는 어떨까?

강환이라고 해도 티끌만 한 상처도 입지 않는 몸이 되는 건가?

"그런 것은 중요한 게 아닐세, 마선."

"그렇긴 하지."

"자, 우리 셋이 모였다. 네가 여기서 살아 나갈 수 있는지 한번 증명해 보아라!"

영선의 대답과 함께 강기의 안개는 허공에 하나로 모여들었다.

그것은 강기로 이루어진 채찍이 되었고, 나선으로 뒤틀리며 장호를 향해 쏘아져 왔다.

강환!

강환이라는 건 강기를 고속으로 회전시키는 기술을 의미한다.

애초에 기운을 단단하게 결집시키는 강기조차도 만드는 것이 거의 불가능에 가까울 정도로 어려운데, 그런 강기를 고속으로 회전시킨다는 건 현경에 들어선 자만이 가능한 일.

하나 현경의 고수 중에서도 저렇게 강환으로 채찍을 뽑아낼 수 있는 이는 영선 정도일 것이다.

그와 동시에 독선의 머리 위로 희뿌연 검은 구름이 생겨난다.

독으로 된 강기!

마선의 주변으로는 기괴한 문자가 떠올랐다.

그리고 그는 번개와 불을 토해낸다.

영선이 주술에 일가견이 있다더니?

장호는 그런 생각을 하면서 전신에 선천의선강기를 최대한으로 부여했다.

팟!

장호의 신형이 소리보다 빠르게 움직인다.

그는 우선적으로 마선을 향해 달려들었다.

그 순간이다.

쫘아악!

그의 다리를 뭔가가 휘감았다.

장호가 시선을 슬쩍 움직여 아래를 보니, 그림자가 일렁거리면서 그의 다리를 붙잡고 있었다.

영선의 주술인가?

그 잠깐의 순간 때문에 결국 세 명의 공격이 전부 장호를 두드리고 말았다.

콰콰쾅!

폭발과 폭음.

그리고 강력한 충격파가 사방을 뒤덮었다.

강환이라고 하면 강기의 상위에 존재하는 절대적인 파괴

력을 가지고 있는 기운의 정수다.

거기에 더해서 마선의 알 수 없는 기괴한 공격에 독선의 독의 강기가 덮쳤다.

장호가 서 있던 곳을 중심으로 반경 십 장이 완전히 초토화되어 버린 것은 자명한 일이었다.

그러나 이내 세 명 다 경악한 표정이 되어야 했다.

"후……."

장호는 살아 있었다.

전신에 피를 철철 흘리고 있었고, 뼈까지 드러나 있었지만 살아 있었던 것이다.

"이게 무슨……."

"놀랍군."

"경이로워."

세 명이 경악한 사이 장호의 육체는 순식간에 재생했다.

생살이 올라오고, 피가 멎었으며 몸에서 일어나는 광채는 더더욱 강력해졌다.

생육선.

그 진가가 발휘된 것이다.

"어떻게 우리의 공격을 견디어낸 것이지?"

마선의 질문에 장호는 천천히 대답했다.

"내 육체는 금강불괴요."

"그래서?"

"당신들은 피륙이 근골보다 강하오?"

장호의 말에 모두 경악했다.

뼈가 피륙보다 단단하다는 것은 상식거리도 되지 않을 정도로 당연한 이야기다.

그 말인즉슨 장호의 뼈 또한 그 육신보다 더 단단하다는 이야기다.

실제로 뼈가 드러날 정도의 부상을 입었지만, 장호의 뼈는 멀쩡했다.

"뇌와 심장. 이 두 가지가 무사하다면 나는 상처가 바로 낫는 것 같소. 자, 그러면 다시 해봅시다."

이번에는 장호가 움직였다.

그간 배운 무공들이 순식간에 그의 본능에서부터 솟구쳐 올랐다.

그의 신형이 한 마리의 용이 되어 그대로 마선을 향해 짓쳐 들어갔다.

그러자 마선의 빛나는 기묘한 문자들이 번개를 토한다.

번개의 속도는 장호가 어쩔 수 없는 것으로, 피한다는 것은 불가능한 일이었다.

하지만 장호는 애초에 피할 생각도 없었다.

금광으로 번쩍이는 장호는 번개가 몸을 두드림에도 그대

로 돌파하고 나아갔던 것이다.

그리고 눈 한 번 깜박할 사이에 지근거리로 접근한 장호의 손에서 태양신공의 최고 절학 중 하나인 태양폭렬장이 펼쳐졌다.

콰릉!

그것은 무시무시한 위력이었다.

쇠도 단번에 녹일 뜨거운 열기가 폭발하며 미증유의 위력을 보였다.

장호가 손을 뻗어낸 곳을 중심으로 적어도 십 장에 달하는 방사형 모양의 구덩이가 생겨나며 뜨거운 증기가 일어났던 것이다.

강기도 이런 위력은 보이지 않으며, 강환도 이러한 현상은 일으킬 수 없었다.

강환보다 강맹하지는 않으나, 사방을 녹여 버리는 열기는 심상치 않은 것이었던 것이다.

그러나 마선도 만만한 자는 아니었다.

그는 어느샌가 이십 장 뒤쪽에 물러서 있었고, 전신에서 모락모락 김이 피어오르고 있었다.

타격을 아예 입지 않은 것은 아닌 모양이지만, 확실히 중상은 아니었다.

그의 의복이 꽤 탔고, 피부에 화상을 입은 것뿐이니까.

그 정도면 현경에 이른 고수에게 중상이라고 할 정도는 아니었다.

그사이에 영선과 독선의 공격이 날아들었다.

영선의 강환의 채찍이 다섯 갈래로 나뉘어 공격해 왔고, 동시에 장호의 그림자가 일어나 장호를 묶어버렸다.

또한 주변의 풍경이 뒤틀리면서 장호의 이목을 혼란케 했다.

그 뒤로는 검은 독구름이 용의 형상을 이루며 장호를 향해 날아들었다.

영선의 주술적인 공격과 강환의 공격.

거기에 심독이 담긴 절대지독의 합동 공격이었던 것이다.

강환이라는 것은 강력한 진기의 응집을 고속으로 회전시키는 것인데, 그 위력이 어마어마해서 일단 걸리는 것은 뭐든지 가루로 분쇄해 버린다고 보면 된다.

그러다가 이 회전이 멈추게 되면 기운이 무섭게 부풀어 오르며 폭발을 일으킨다.

주먹만 한 강환 하나당 적어도 십 장 범위를 초토화시키고, 폭발할 시에는 백 장에 걸쳐 충격을 토해낸다.

일반인이라면 백 장 안에 있을 경우 추풍낙엽처럼 날아가 뼈마디가 부러지면서 사망에 이르게 되는 무시무시한 힘이었다.

독의 강기로 이루어진 구름은 더욱 대단하다.

이 강기에 스치는 순간 온몸이 녹아내리고 독수가 되어버린다.

강철이라도 두부처럼 으깨어 버리는 건 덤이라고 할 수 있었다.

그러나 장호는 침착하게 그 공격에 맞섰다.

주변의 흔들리는 풍경 따위는 이미 신인지경에 이른 육체의 감각을 속일 수가 없었다.

다섯 갈래의 강환의 채찍을 향해 장호의 손이 번개처럼 휘둘러졌다.

콰콰쾅!

허공에서 강환과 장호의 손이 충돌하면서 강기의 폭발이 일어났다.

주변 지형이 바뀌는 사이에 독의 강기 구름이 덮쳤지만 장호는 그것을 몸으로 견디며 그대로 튀어나왔다.

그러고는 영선과 독선을 향해 두 손을 뒤집으니, 천지가 흔들리는 굉음과 함께 새하얀 강기가 연달아 튀어나왔다.

오행신공의 최종 절초인 오행상극멸공장법이 발현된 것이다.

오행의 다섯 기운을 상극으로 충돌시켜 막대한 파괴를 낳는다.

그 위력은 강기 주제에 강환에 맞먹으니 엄청난 위력이라고 할 만했다.

강대한 파괴의 힘이 영선과 독선을 향해 쏟아지자, 이 두 명 역시 스스로의 절기로 공격을 막아내야만 했다.

우르르릉!

오행상극멸공장을 막아선 것은 무수히 많은 시체였다.

영선의 주술에 의해서 일어난 시귀들은 순식간에 피부가 강철만큼 단단하게 변모해 버렸다.

그것들 수십이 일어나 장호의 장력을 몸으로 막는다.

고기방패의 역할을 충실히 이행한 것이었다.

콰쾅!

그 대가로 시귀들은 산산조각이 나서 흩어진다.

그러자 이번에는 그 썩은 피가 모여들어 날카로운 창이 되었다.

이 역시 영선의 주술이었다.

그사이에 독선은 장호의 장력에 맞서지 않고 기묘한 경공으로 피해내고서는 그대로 장호를 향해 몸을 날려왔다.

그의 두 손이 검푸른색으로 광채를 내고 있다.

지극히 강력한 독기가 그의 두 손에 모여든 것이다.

전설상에 이르기를 무형지독은 심독이라고 했다.

그는 아까부터 심독으로 장호에게 용독을 하고 있지만 장호의 육체는 어떻게 되어먹은 것인지 심독조차 통하지 않았던 것이다.

그렇다면 심독을 두 손에 모아 직접 타격하는 것밖에 남지 않았기에 독선은 상천멸독장이라고 하는 지고의 장법을 펼치며 달려들었다.

각자의 절기가 충돌하는 그때.

장호는 의아스럽게도 아주 차분한 기분 속에서 마음속의 절대적인 중심을 맛보고 있는 중이었다.

이것은 무엇인가?

극도로 활성화된 감각 속에서 지극히 빠르기에 보통의 무인이라면 인식조차 할 수 없는 속도로 움직이는 저들 현경에 이른 이들의 속도를 인지한다.

장호의 감각 속에서 그들은 점점 느려지고 있었고, 장호는 점점 빨라지고 있었다.

또한 저들의 공격은 점점 장호의 육신에 상처를 덜 내고 있다.

무엇이 변화하고 있는 것인가?

장호는 가속된 감각 속에서 문득 정신을 차렸다.

"너무 느려."

화악.

장호가 고개를 가볍게 젖힌다.

그의 옆으로 강환이 스쳐 지나간다.

스쳐 지나가기만 해도 일반인이라면 머리가 박살 나겠지

만, 장호는 이 정도로는 아무런 상처도 입지 않는다.

그 사이로 장호는 앞으로 달렸다.

영선이라는 존재는 보통의 사람처럼 실체가 없음을 감각으로 느낀다.

그렇다면 영선이라는 자의 기운 전체를 부수면 되겠지.

그렇게 생각하며 장호가 달리던 그때 장호의 시야가 어두워졌다.

그리고 아무런 소리도, 기척도 느껴지지 않았다.

그러나 장호는 당황하지 않고 직선으로 그대로 내달린다.

마선의 술법인가?

어느 쪽이든 상관없어.

쾅!

일보에 단번에 백 장의 거리가 좁혀진다.

화살보다 빠른 속도로 어둠을 돌파한 장호는 흔들리는 영선의 안개 앞에 도달해 있었다.

콰아아앙!

장호의 두 손이 속사포가 되어 주변의 공간을 찢어버렸다.

영선의 안개가 산산이 흩어지고, 결국 영선의 기척은 사라지고 말았다.

하지만 본능적으로 알았다.

죽지는 않았다는 것을.

도망쳤나.

장호는 그렇게 생각하며 뒤를 보았다.

독선과 마선이 경악한 표정으로 장호를 보고 있었다.

"요… 용인지체. 일찍이 진다전이 이루었던……."

마선의 목소리에 장호는 그를 보았다.

"용인지체가 용이 되었다는 것이오?"

"그, 그러하네. 자네는… 용이군."

"확실히. 지금의 나를 인간이라고 하기에는 무리가 있는 것 같소."

장호는 자신의 손바닥을 내려다보았다.

군살 하나 없이 매끈하고 아름다운 손이다.

남자의 손이라고는 믿을 수 없는 모습이지만, 강환에도 이제는 상처를 입지 않으리라는 것을 안다.

"믿을 수 없게도, 그대들과의 싸움이 나를 완성시킨 것 같소."

"설마 우리의 공격을 흡수했단 말인가!"

독선의 비명과도 같은 외침에 장호는 고개를 끄덕인다.

"원래 살기 위해서는 뭔가를 먹어야 하지 않소? 내 몸이 그대들의 기운을 먹어치운 모양이오."

"허……."

장호는 둘을 보며 말을 이었다.

"내 비록 현경에 이르지 않았으나, 그대들과 드잡이질은 계속할 수 있을 듯하오. 어떻게 하시겠소?"

"후… 포기하도록 하지. 자네를 죽일 방도를 모르겠네."

독선의 말에 장호는 고개를 끄덕였다.

지금 장호의 육신은 진정 전설 속의 금강불괴라고 할 수 있었으니까.

"황제는 어디 있소?"

"가짜 황제 말인가?"

"그는 가짜가 아니오, 독선."

"그가 가짜가 아니라고 확신할 수 있나? 그 스스로도 자신이 가짜라는 걸 알고 있는데?"

독선의 말에 장호는 눈살을 찌푸렸다.

스스로도 알고 있다고?

"그게 무슨 뜻이오?"

"현경에 이른 자는 흐름을 느낄 수 있다. 그것에 거스르는 자도 있으며, 거스르지 않으려는 자도 있지. 그리고 이 세계는… 흐름에 저항할 수 없는 세계가 되어버렸다."

"우리는 자유 의지를 거세당했지."

독선과 마선의 말은 의미심장했다.

눈을 가늘게 뜨고 그들의 말을 듣는 장호는 그들의 말이 거짓이 아니라는 것을 느낄 수 있었다.

"그리고 그도 알아."

"이자성 황제도 알고 있다는 말이오?"

"그래. 그는 지금 그가 하는 일이 역천이라는 걸 알고 있지."

장호의 두 눈에 시름이 깊어진다.

대체 그놈의 흐름이라는 게 뭔가?

'대체 당신들은 무엇을 보고 있는 건가?'

"그를 만나고 싶소."

"어차피 우리는 그대를 강제할 수 없으니… 그를 만나도록 하게. 하지만 그는 어차피 곧 죽을 거야."

"그건 내가 결정할 거요. 내 별호가 무엇인지 안다면……."

"흥, 그를 살린다고? 해봐라, 용인지체."

마선이 코웃음을 치면서 고개를 돌렸다.

그리고 이내 독선과 마선은 자리에서 사라졌다.

장호는 고개를 돌리고 황궁의 안쪽으로 향했다.

황제의 기척이 안쪽에서부터 느껴진다.

그의 체향, 그의 숨소리.

그것들을 장호는 이미 기억하고 있었기에 그를 찾는 것은 어렵지 않았다.

第九章

천자(天子)라는 것은……

신은 진정 위대하시다.
그분께서는 언제나 계획이 있다.
존나 시발같은 계획이.

배교자

수백 년간 중원을 지배해 온 황족의 궁전.

황궁이라고 불리어온 이곳은 온갖 곳이 화려하게 만들어져 있었다.

기둥에는 정교하고 위엄찬 황룡이 새겨져 있고, 천장에는 벽화가 가득 그려져 있다.

벽에는 보기에도 감탄이 우러나오는 조각들이 늘어서 있어 정취를 더욱 돋운다.

그런 황궁의 심처.

황제의 집무실에 들어선 장호는 황좌에 앉은 이자성을 발견할 수 있었다.

"왔군."

그의 안색은 보통 사람의 것과 다르지 않았다.

혈색은 좋았고, 피부는 매끈했다.

나이가 조금 들어 보이는 얼굴에는 세월이 묻어 나오지만, 그 두 눈에 흐르는 빛은 형형했다.

그러나 장호는 황제 이자성의 외면과 다르게, 그 내면이 죽음으로 만연해 있는 것을 알아차릴 수가 있었다.

'저런 것은 처음 보는군.'

장호는 속으로 중얼거리며 황제에게 다가갔다.

"왜 그걸 두고 계신 겁니까?"

황제의 체내에는 검은 어둠이 가득했다.

그것은 이종진기로서, 그의 체내를 갉아먹는 중이었다.

심장까지는 이르지 않았지만, 그로 인해 오장육부 중 성한 것이 없었다.

이미 위장과 대장, 소장은 완전히 정지한 상태였고, 췌장과 간장 등의 주요 신장들도 썩어버린 상태였다.

즉 심장을 제외하고 내장이 전부 정지해서 죽어버린 것이다.

이 정도면 살아 있는 사람이 아니고, 시체라고 봐야 한다.

그러나 그는 위대한 현경의 존재.

그의 내장이 그렇게 변하더라도, 뇌만 무사하다면 어떻게든 살 수 있었다.

지금이 그랬다.

내가진기로 심장을 움직이고, 주변의 기운을 끌어당겨 뇌와 근육들을 움직이고 있다.

이미 인간이라고 할 수도 없는 모습이라고 해야 할까.

영선, 마선, 독선들도 이 정도는 할 수 있을 것이다.

"그것들을 없애고, 내장을 다시 복구하면 됩니다."

"의미가 없네."

"의미가 없다니요?"

"이건 다른 이들에 의해서 생긴 게 아니니까."

장호의 두 눈이 그를 향했다.

"이건… 의지거든."

"무슨 말인지 전혀 이해할 수 없습니다만……."

"사람들의 의지라는 걸세."

장호는 여전히 이해를 할 수가 없었다.

난데없이 사람들의 의지라니?

그게 대체 뭔가?

"나라에 흉조가 들면 요괴가 난립하고, 이매망량들이 날뛴다고 하지. 왜 그런다고 생각하나?"

"뭡니까, 그건?"

"천기(天氣)가 흐트러졌기 때문이네."

천기?

"예언 같은 건 관심 없습니다만."

"후후후후, 민간에 회자되는 예언과 전설. 그리고 신화가 아주 허황된 것은 아니라는 것을 알고 있나? 사람들은 말일 세… 늘 기운을 발산하며 살지. 평범한 사람이라도 미약하지 만 살기 정도는 낼 수 있잖은가? 하지만 살기가 아니라도 기 를 흘리며 살아. 평생 동안 그렇지."

황제는 천천히 말을 잇는다.

"기쁠 때, 슬플 때, 화날 때, 절망할 때, 감정에 따라 각기 다른 기를 발산하지. 그런데 세상이 어지러워진다면 어떻게 되겠나?"

"모르겠습니다."

"사람들의 안 좋은 생각들이 기가 되어 발산되는 거야. 그 것들이 쌓이고, 쌓이면 악기(惡氣)가 되고 그것들이 하나로 모이면… 천기가 흩어지게 되는 걸세. 그렇게 되면 가장 먼저 일어나는 일은 황제가 죽는 일이지. 그다음으로는 나라가 멸 국하고 새로운 나라가 들어선다네. 어때, 쉽지?"

"뭡니까. 그렇다면, 사람들의 불행이 곧 나라를 바꾸게 되 는 원인이라는 겁니까?"

"쉽게 말하자면 그렇네."

"그게 지금 당신의 모습과 무슨 상관입니까?"

"명제국은 망해야만 한다는 거지."

"당신이 세운 것은 명이 아닌 순입니다만."

"이렇게 이야기해 주지. 한족이 세운 나라가 망해야 한다는 것이야."

둘 사이에 침묵이 생겨났다.

"중원은 한족이 오랫동안 지배했다네. 물론 여기서 말하는 한족이란 순수한 한족을 뜻하는 건 아니야. 개념적인 것이지. 자네만 해도 그렇지만, 사실 한족에 여진, 몽골의 여러 가지 피가 자네의 핏속을 흐르고 있을 것이네."

"그렇겠죠."

장호의 먼 선조가 어느 민족과 결혼했을지 누가 알겠는가?

그것은 대다수의 사람들이 그러했다.

"하지만 자네는 자네 스스로를 한족, 명제국의 백성이라고 인식하고 있지. 그렇지 않나?"

"맞습니다."

"그런 인식으로 보자면 명제국의 백성들은 전부 한족이라는 개념 안에 들어가고 있지. 그리고 그들 명제국의 백성들은 이렇게 생각해. 나라가 망했으면 좋겠다고. 이 생각의 저변에는 한족의 나라가 망했으면 좋겠다는 의지가 서려 있는 거야. 단지 명제국의 백성들뿐만 이런 생각이 아니라는 게 중요한 점일세."

"그렇다면?"

"원제국의 잔당인 몽골족, 여진족, 선비족 등의 주변의 다른 민족들 역시 그렇게 생각하고 있거든. 그들은 중원에 세워진 제국에 그간 수탈당해 왔으니까. 한족의 나라가 망하길 바라는 이가 얼마나 많을까? 그리고 그들의 의지가 깃든 기가 하늘에 뭉쳐지면 어떻겠나? 그 거대한 악기(惡氣)가 무엇을 뜻할까?"

장호는 일찍이 이런 이야기를 들어본 적이 있었다.

"천의(天意)……."

"그렇다. 그것이 바로 천의, 하늘의 뜻인 것이지. 하늘은 이제 거대한 제국의 권력을 여진족에게 주어야 한다고 판단한 것이다. 천자의 자리는 이제 여진의 것. 바로 누르하치에게 황좌가 가야 했던 것이지."

그랬던가.

그래서 제갈화린도, 그리고 저들 은룡문과 황밀교의 사대호법도 그러한 이야기를 반복했던 것인가?

황밀교의 난이라는 것은… 어차피 일어났어야 하는 필연이었던 것인가.

"그렇다면 왜 저는 여기에 서 있는 겁니까?"

천의가 그러하다면, 장호 스스로가 지금까지 해온 일은 대체 무슨 의미가 있단 말인가?

"천의조차 뭉개 버릴 수 있으며, 세계 전체를 좌지우지할 수 있는 자가 과거에 있었다. 그를 두려워하는 이들이 그를 이르기를 진환마제라고 하였지."

진환마제!

"그리고 그런 이가 남긴 것이 사마밀환이다. 그의 힘의 정수가 담긴 것이니, 천의를 거스르는 것쯤은 우스운 일. 가벼운 장난 같은 일이었겠지. 그것에 의미가 있을 수도 있고, 없을 수도 있다. 자네가 과거로 회귀하여 새로운 삶을 살 수 있게 된 것은 그저 거대한 존재의 장난에 의한 개인적 행운일 따름일 수도 있다는 것일세."

행운?

"저 개인의 행운……."

"그래. 자네에게 찾자온 행운. 자네 스스로 행복해지거나, 성공하기 위한 행운이지."

"그렇다면 당신은 대체 저에게 무엇을 바란 것입니까?"

"자네는 천의마저 거스르는 자이다. 그럴 자격을 사마밀환을 통해서 얻은 자이지. 자네가 역사와 다르게 움직인다면… 나는, 이 중원을 지킬 수 있지 않을까 하고 생각했던 것이야."

그의 생각을 장호는 이제야 제대로 알 수 있었다.

장호의 사마밀환은 천의와 역사마저도 뒤틀 수 있는 사기적인 물건이었다.

그러나, 그것을 얻은 장호라는 존재가 과연 역사를 완전히 뒤바꿀 수 있는 존재인가?

물론 역사는 여러모로 바뀌었다.

중원과 새외, 그리고 변경의 지역들을 통틀어 장호가 다스리는 산서성만큼은 다른 지역과 격을 달리하는 안정적인 지역이 되어 있으니까.

지상낙원이라고 불러도 괜찮을 정도로 산서성은 평화로우며, 구성원들은 행복하게 살아가고 있다.

그러나 그것이 세계 전체의 역사를 바꾸었느냐 하면 그것은 아니다.

비록 누르하치가 장호의 손에 죽었지만, 그의 아들인 홍타이지가 후금제국을 이어받았다.

그리고 다시금 전쟁은 시작되었고, 아직 내전의 여파로 비틀거리고 있던 순제국은 현재 버티고는 있으나 언제 무너져도 이상하지 않은 상태였다.

"오랜 시간 중원은 악행과 우행을 반복해 왔다. 중원인 스스로도 스스로를 저버릴 정도였고, 중원 외부의 사람들은 중원을 증오해 왔지. 지금의 이 흐름은 필연적이며, 결국 중원은 가혹한 징벌과 처벌을 받아야 하는 것이네. 타민족의 지배를 받고, 문화와 긍지를 짓밟히고, 아들과 딸들을 수탈당하는 삶을 적어도 백 년은 살아야만 한다. 나는 그를 막고 싶었어. 그래서 여기에 있는 거고, 이런 꼴이 된 것이야."

"저를 이용한 겁니까?"

"그래, 그렇다."

"하지만 결국 실패했군요."

"그렇지."

두 사람은 잠시 말을 이어나가지 않았다.

"지금도 버티고 있지만… 곧 죽을 것이다. 천의가 그것을 바라고 있어. 저들 황밀교의 호법들이 아니었다면 애초에 이런 상황에 이르지도 않았겠지만."

오장육부에 상처를 입지 않았다면 천의에 대항하여 버티고 역사를 바꾸는 데 성공했을 수도 있었다.

그러나, 황밀교의 호법 세 명이 덤벼들었기에 그는 죽지는 않았으나 중상을 입고 말았다.

그리고 그것으로 이미 끝이 난 거다.

천의는 그의 상처를 치유되지 않도록 막고, 그를 죽이기 위해서 요동친다.

전 세계의 사람들이 만들어낸 미증유의 의지가 그렇게 하고 있었다.

"홍타이지가 중원을 정복하는 것이 옳은 역사라는 겁니까."

"그렇네. 그리고 중원인 대다수를 착취하고, 억압하겠지. 하지만… 결국 그들도 중원에 녹아들게 될 것이야."

"저는 어떻게 해야 합니까?"

"자네가 원하는 대로. 원한다면 그대 스스로 천자가 되는 것도 나쁘지 않겠지."

천자!

제국을 건국하고 황제가 되라는 말에 장호는 두 눈을 끔뻑였다.

그렇다.

사마밀환이 있는 장호는 천의에 구애받지 않는다.

그렇다면 그가 황제가 되겠다고 움직인다면…….

가능성은 있다.

그의 군대.

그의 거점인 산서성의 현재 상황.

그리고 그의 세력.

그것들을 수습하고, 몰려오는 여진족의 후금제국군을 상대한다면.

가능성은 높다.

하지만, 저들 황밀교가 끼어든다면 문제가 크다.

은룡문은 애초에 이 일에 나서지 않을 테니 문제는 황밀교.

그들과 대적하는 것은 여러모로 문제가 많았다.

저들 아직 살아 있는 사대호법 중 세 명의 경우 저들이 장호를 죽일 수 없다지만 장호도 그들을 죽일 수 없었다.

그들이 장호를 피해서 장호의 세력을 공격한다면 아무것도 할 수 없으리라.

황밀교는 숨어 있고, 장호의 세력은 들어나 있으니까.

게다가 황밀교의 교주는 어떠한가?

그는 분명히 사대호법보다 강할 터.

그를 이길 수 있다고 장호는 장담할 수가 없다.

그렇다면 결국…….

"자네는 역시 신념이나 꿈이 없어."

장호는 물끄러미 황제 이자성을 보았다.

신념과 꿈.

혹은 야망.

그 외의 어떤 것.

"있습니다."

"뭔가?"

"세상 사람들을 이롭게 하고 싶다는 의지가 있지요."

"자네의 스승에게서 물려받은 신념 말인가? 그 전에는?"

"딱히 없긴 했었습니다. 생존을 최우선으로 했을 뿐이니까요. 하지만 그게 나쁜 건 아니지 않습니까. 거의 대다수가 그렇게 살아갑니다."

장호의 말에 이자성은 희미하게 웃었다.

"그래, 그 말이 맞아. 하지만 자네의 그 물려받은 신념은 어떤가? 이대로 된다면, 많은 이가 죽네."

"제 별호가 무엇인지 아십니까?"

"별호? 생사판이라는 그 허명 말인가?"

이자성의 말에 장호는 고개를 끄덕였다.

"의원은 죽을 자와 살 자를 판별해야 합니다. 의원의 손은 두 개뿐이고, 약재는 제한적이죠. 생사판이라는 제 별호는… 제가 병을 보고 죽을 자와 산 자를 판별한다고 해서 붙은 이름이지만 정확한 이름이기도 합니다. 어느 쪽이 더 효율적인가? 어느 쪽이 더 많은 사람을 살릴 수 있는가? 내 앞에 있는 이 환자는 어느 쪽인가? 그걸 판별하는 것이 바로 의원이 가장 먼저 배워야 할 일이니까요."

이자성은 아무런 말도 하지 못했다.

그의 심유한 눈빛이 장호를 보았다.

그는 여러 가지 할 말이 많은 듯 입술을 달싹이지만, 결국 말을 잇지 못했다.

"그래서, 이 중원은 어떠한가? 죽음인가, 삶인가?"

"죽음입니다. 그 이유는 황제 폐하 당신의 몸 안에 있죠."

천의.

사람들의 뜻.

"하하하하. 맞네, 맞아. 자네의 말이 맞아. 하하하하하."

미친 듯이 웃음을 터뜨린 이자성의 육체에서 지독한 사기(死氣)가 흘러나오기 시작했다.

"포기하시렵니까?"

"내 더 이상 할 수 없는 일이 없네. 천의가 이렇다면… 어쩔 수 없는 것이지. 자네에게 마지막으로 부탁하겠네."

"말씀하십시오."

"천의로 이렇게 되었다 하나, 최대한 사람들을 살피게나."

"그러할 것입니다."

장호는 두 손을 공손히 말아 쥐어 포권을 하고 깊이 읍했다.

그리고, 이자성은 만족한 듯 미소를 지으며 죽음에 몸을 내맡긴다.

명제국을 멸망시키고, 대순제국을 세웠던 풍운아 이자성의 죽음이었다.

*   *   *

"사라졌군."

장호는 황궁을 나서며 사대호법이 사라진 것을 느꼈다.

사대호법뿐만 아니다.

그들이 끌고 온 정체불명의 세력도 사라졌고, 이자성의 군대는 천천히 해체를 하는 와중이었다.

이미 이자성이 죽으면서 무어라 지시를 내린 듯하다.

아마 이 명령이 전선에 도달하는 것은 얼마 걸리지 않을 것이고, 홍타이지가 이끄는 후금제국군은 금세 이곳까지 와서 점령을 하게 될 것이다.

대순제국의 패전.

그리고 멸국.

명제국이 멸국한 지 고작 일 년 만의 일이다.

게다가, 대순제국과 다르게 이 후금제국은 이민족의 국가이다.

이 나라가 어떻게 될 것인지는 수백 년 전의 원제국 시절만 보아도 알 수 있으리라.

물론 그것을 꽤나 완화시키는 것은 가능하다.

이대로 후금제국이 중원을 지배한다면, 그것은 천의에 가깝다.

그들 후금제국의 막후에서 권력을 장악하고 조종한다면?

천의에 어긋나지 않으리라.

즉, 후금제국이 제대로 된 국가로서 기능하게 만들기만 하면 된다.

장호는 이미 그렇게까지 결정을 해두었다.

그럴 만한 능력도 힘도 가지고 있다.

이런 일에는 그들 황밀교도 나서지 못하리라.

그들 스스로 이야기한 그 '규칙'에 의거한다면.

장호는 그런 생각을 하면서 황궁을 나서 북경 시내의 한곳으로 향했다.

오래 전부터 거래해 온 하오문의 북경 비밀 지부가 있는 곳이다.

"의선문주님께서 직접 왕림해 주셔서 영광이옵니다."

"허례는 됐소. 소식은 들었겠지?"

"예. 황제의 죽음, 그리고 항복과 패전에 대한 이야기는 이미……."

"황제가 이미 손을 써둔 모양이로군. 때문에 나도 의선문에 소식을 좀 보내야 하오. 가장 빠른 것으로 보내주시오."

"특급 전서응이 있습니다만 가격은 비쌉니다."

"그걸로."

"예."

염소수염을 하고 있는 노인이 장호를 맞이했다.

무위는 초절정의 고수인 자였으며, 이자가 바로 하오문 북경 지부장인 손만태라는 사람이었다.

장호도 이자에 대한 정보는 몇 가지 알고 있는 바가 있다.

임진연이 수집한 강호의 요인들에 대한 정보 서적에 들어 있던 인물이니까.

장호의 기억력은 비상한 수준을 넘어 비정상적일 정도로 뛰어나니, 그 정도 정보를 그대로 기억하고 있는 것은 어렵지 않았다.

"이 서한을 본 문에 보내주시오."

"예, 문주님. 달리 의뢰하실 일은 없으신지요?"

"없소. 한 가지 충고하자면… 대순제국은 이제 멸국이오. 이민족의 국가가 세워질 거요."

"값진 정보군요. 후의에 감사드립니다."

염소수염의 지부장 손만태의 배웅을 받고서 장호는 하오 문을 나섰다.

방금 전의 서신은 몇 달간 돌아가지 않으니, 산서성에서 세력을 보존하면서 지키고 있으라는 서신이었다.

또한 장호와 직접 연락을 할 연락책을 보내라는 내용이 적혀 있기도 했으며, 장호의 형에 대한 정보를 파악하고 안전을 구축해 두라는 이야기도 적혀 있었다.

굳이 그런 것을 적어둔 이유는 별게 아니다.

장호는 이 자금성에서 저들 후금제국을 기다리기로 했으니까.

곧 저들은 이곳까지 들이닥치리라.

　　　　＊　　　　　＊　　　　　＊

　후금제국군은 전선을 돌파했다.

　대순제국군은 형편없이 밀리고, 결과적으로 많은 병사가 죽고 다치며 패퇴했다.

　그사이에 황제의 죽음 소식이 알려지자, 더더욱 전선은 밀리기 시작.

　불과 한 달 만에 완전히 전열은 붕괴되고 후금제국군은 그대로 자금성까지 밀고 들어오게 된다.

　자금성에서 부호라는 자들, 권문세가였던 자들은 모두 피난길에 오르고 말아서 자금성은 사람이 거의 남지 않은 채로 텅 빈 유령도시가 되고 말았다.

　버려진 제국의 심장부를 손아귀에 쥔 후금제국군은 그대로 중원 전역에 파발을 보내어 지방군에 항복을 권유한다.

　그 권유가 먹힌 곳도 있었고, 먹히지 않은 곳도 있었지만 결과론적으로 이 제국은 이제 완전히 멸국이 확정되었다.

　물론 산서성은 즉시 항복했다.

　그것은 장호가 미리 지시해 둔 사항이었다.

　이런 일련의 과정을 장호는 자금성의 성벽에서 묵묵히 내려다보았다.

　그 과정은 불과 삼 개월의 시간밖에 걸리지 않았고, 장호는 황밀교가 여전히 홍타이지를 호위하고 있는지 살폈다.

그러나 장호의 감각에 아무것도 걸리는 이들이 없었다.

사대호법들은 장호로서도 쉽사리 기척을 알아챌 수 없다지만, 황밀교의 다른 이들 정도는 충분히 그 존재를 알아차릴 수 있는 장호다.

그런데 단 하나도 없었던 것이다.

황밀교의 인물들을 많이 만나보지는 않았지만, 그들 대다수는 사공과 마공을 주로 익힌 이들이었다.

그러고 보면 그들은 인간이었는데.

그들 사대호법의 말과는 다른 부분이 있는 건가?

장호가 그렇게 생각할 때였다.

"아니요, 그들은 저희 교단의 하부 조직원들일 따름이에요. 그들도 그들이 가진 악업의 무게를 이해하고, 그 죄업을 씻어내 극락정토로 향하고자 한 것이랍니다."

부드럽고, 아름다운 목소리가 들려왔다.

조금은 낮은 음색을 가진 부드러운 그 목소리는 듣는 이로 하여금 마음이 편안해지게 만들었다.

장호의 시선이 옆으로 향한다.

그곳에는 사람이 서 있었다.

남장을 했으나, 여성임에 확실해 보이는 그녀는 절세가인이라고밖에는 볼 수 없는 외모를 지니고 있었다.

보는 이를 끌어당기는 마력적인 매력.

그러나 장호는 그 모습에 현혹되지 않았다.

위기를 느꼈기 때문이다.

목소리가 들리고, 체향이 맡아지며, 눈앞에 보인다.

그러나 그 외의 다른 감각은 상대를 전혀 느끼지 못하고 있었다.

두 가지 감각적 괴리는 장호에게 위기감을 들게 만들기에 충분했다.

"당신은 누구시오?"

"아시지 않나요?"

"그렇군. 그대가 바로 황밀교의 교주인가."

"예. 그분의 첫 번째 입이자 그분의 첫 번째 손. 그것이 저입니다."

담담하게 말하는 황밀교주를 보면서 장호는 결코 이 여인이 사대호법의 아래가 아님을 알 수 있었다.

"나를 죽이러 오신 거요?"

"당신은 아무것도 모르고 계시군요."

수많은 별이 빛나는 밤하늘 같은 눈동자가 그를 향했다.

그 시선의 마력에서 장호는 가까스로 정신을 차리며 물었다.

"무엇을 모른다는 거요?"

"진환마제는 저의 주인이신 분과 동격의 존재. 때문에 저는 그대를 어찌할 수 없답니다."

"내가 진짜 사마밀환의 주인이오? 사실. 지금까지도 그것은 의문스럽소."

"제갈세가의 여식은 그대의 마음에 반응해 시간을 넘은 것뿐. 그리고 저는 느낄 수 있답니다. 그대의 안에 들어 있는 사마밀환의 힘을."

내 스스로도 모르는 힘이 내 안에 있다고?

"그대의 생육선은 이제 제법 완숙한 경지에 이르렀지만… 이걸 아시나요? 무에서 유가 나오게 하기 위해서는 진정 위대한 존재가 되어야만 한답니다."

"무슨 의미인지 모르겠소만."

"생육선의 경지에서 얻게 되는 불사신과 같은 능력이라는 것도 결국 힘을 소모하는 것이죠. 내가진기, 천지자연의 기운, 혹은 사마밀환의 힘. 아무리 그대의 육신이 대단하다고 해도, 육체를 재생하고서도 조금의 기운의 소모가 없었다는 것이 이상하지 않던가요? 천지교태에 이르러 천지의 기운을 흡수할 수 있다 해도, 너무 빨랐죠."

그녀는 한가롭게 이야기한다.

그런 그녀의 말에 장호는 한 가지 사실을 알았다.

그녀가 그와 다른 호법들과의 싸움을 보고 있었다는 것을.

"보고 있었소?"

"저희 교단의 인물들이 있는 곳은 전부 저의 시야 안에 있답니다. 그분의 은총이지요."

"투선이 죽을 때에도 보고 있었단 말이로군."

"그러하답니다."

"그래서, 무엇 때문에 본인을 찾아온 것이오?"

"홍타이지를 죽일 생각을 하는 거라면 그만두라고 말씀드리기 위해서예요."

"아직 결정은 안 했소."

"하지만 꽤 크게 생각하고 계시잖아요?"

그녀는 개구쟁이처럼 웃는다.

정숙하고 현명해 보이던 현인 같던 여인이 순식간에 어린 소녀가 되어버렸다.

"천의는 흘러가게 두어야 해요. 그 모든 것이 미숙한 인간들 스스로의 업보니까요."

"언제까지?"

"예?"

"언제까지 그리 두어야 하는 거요? 저들 인간들의 우행을 언제까지 내버려 두어야 하느냐는 것이오. 계속해서 서로를 탐하고, 죽이고, 악을 만드는 세상을 언제까지 내버려 두어야 하는 거요?"

"당신과 같은 생각을 한 사람이 있었죠. 그리고 그는 위대한 자가 되어, 세상을 강제했어요."

"노동제일문의 전승자 말인가."

"어느 곳에서는 워크 마스터라는 이상한 이름으로도 불리는 자이죠. 그 결과가 어떨 거 같아요?"

그녀는 생긋 웃는다.

"아주 끔찍하게 되었죠."

"무엇이 끔찍하다는 거요?"

"세상 사람들이 가진 자유의지 중 하나가 거세당해 버렸거든요. 이 세계의 사람들이 스스로를 가축장 안의 돼지나 소처럼 만들어 버린 거예요."

"안전해지면 좋은 게 아니오? 들판에서 맹수와 숨바꼭질하면서 사는 것보다는 나을 듯한데?"

"정말 그렇게 생각하나요? 게다가 이렇게 한다고 해서… 인간의 역사가 변하리라고 보시나요? 아니, 인간이 아닐지라도. 지성을 가진 다른 존재들 모두가 변할 거라고 생각하세요?"

본질, 인간의 본능.

또한 다른 지성을 가진 존재들의 모든 본능.

"홍타이지는 누르하치의 여덟 번째 아들이지만, 그 아버지인 누르하치보다도 뛰어난 능력을 가지고 있어요. 상벌에 대해서 엄격하고, 공명정대한 생각을 가지고 있죠. 그는 좋은 황제가 될 거예요. 노동제일문의 그가 그렇게 좋아하는 공명정대함 말이죠. 그러니 그와 손을 잡는 것이 더 나을 거예요. 그대의 목적에 부합하려면."

"그대들이 얻는 건 뭐요?"

"저희요? 저희는 이미 얻었답니다."

이미 얻었다?

"후후후후. 저를 비롯한 교단의 사람들은 전부 사람들의 악념과 사념에 의해서 좌우되는 자들이죠. 우리 역시 이 세계의 일부로서 마땅히 모든 것을 누려야 하지만… 힘이 없는 것이 죄니까요. 하지만 이번에 드디어 해결되었어요."

"무엇이 해결되었다는 것이오?"

"현계에 속한 그대가 알 필요 없는 일입니다. 장차 어비스라고 불릴 세계를 창조해 낸 것뿐이고… 어차피 설명을 한다고 해도, 그대가 이해할 수 없는 일이에요."

술법과 관계된 일인가?

장호는 미간을 슬며시 찌푸렸다.

"그래서, 끝난 거요?"

"예. 끝났죠."

"찜찜하군……."

"세상의 모든 일이 전부 그런 거죠. 뭔가 극적인 결말을 기대하셨다면, 시시할지도요."

"그리고 그대의 권고는……."

"홍타이지를 내버려 두라는 거죠."

장호는 팔짱을 꼈다.

"고려해 보도록 하겠소. 만약 저자를 죽이려고 든다면 어쩔 거요?"

"저희는 이제 손을 뗄 거예요. 죽여도 괜찮아요. 다만… 안 좋은 일이 일어나겠죠?"

"마음에 들지 않는군."

'그렇다면 내 노력은 무엇이었나?

물론 아무것도 이룬 것이 없는 것은 아니다.

적어도 산서성의 수백만 명의 삶을 구했으니까.

그리고, 홍타이지와 손을 잡는다면 더 많은 이를 구할 수 있을 것이다.

'하지만… 역시 찜찜하군.'

장호가 눈을 가늘게 뜨고 황밀교주를 바라보았다.

그러나 황밀교주는 이내 사라지고 없었다.

"역시… 나보다 적어도 두 수 위의 고수야."

현경 그 이상의 경지.

그런 자가 그렇게 두려워하는 노동제일문의 계승자와 진환마제는 누구란 말인가?

장호는 시선을 돌려 홍타이지를 바라보다가 깨달았다.

내가 모르기에 두려워하고 있군.

그것에서 찜찜함을 느끼는 거야.

장호는 석상처럼 그 자리에 오랫동안 서 있었다.

第十章

천하(天下)의 향방

때로는 무지가 사람을 용감하게 만들기도 한다

누군가의 말

의원귀환

대순제국 역시 멸망하고, 후금이라는 이름의 제국이 들어 섰다.

그리고 후금은 다시 국호를 청으로 바꾸었다.

대청제국의 시작인 것이다.

그 과정은 여러모로 잡음이 있었지만, 그럼에도 무난하게 흘러갔다.

그 과정에서 몇몇의 문파들은 대청제국의 지배를 받아들 였고, 몇몇은 받아들이지 않은 채로 저항을 시작했다.

그들은 음지로 숨어들어 천지회라는 비밀 조직을 만들었

으며, 이들은 반청복명의 기치를 내걸고 있었다.

그러나, 세상 사람들은 차츰 대청제국의 치하를 받아들이기 시작했다.

이미 중원의 한족을 비롯한 여러 민족들은 나라를 다시 세울 정도의 능력이 없었으니까.

그리고 그렇게 정리되던 어느 날.

청제국의 황제이자, 누르하치의 여덟 번째 아들인 홍타이지는 장호를 불러들였다.

산서성은 가장 먼저 홍타이지에게 항복하고 복속한 지역이었으며 그 이면에 장호가 있음을 그도 알았으니까.

"나는 그대를 죽이고 싶다."

황제 홍타이지.

그가 장호를 내려다보고 있다.

호화스럽게 용이 조각된 황좌에 앉은 그의 몸에 서린 기백은 확실히 범인하고는 차원이 다른 것이었다.

거대한 대전의 여기저기에는 등이 수백여 개가 매달려 대전의 안을 환하게 밝히고 있다.

하지만, 이 대전 안에는 황제와 장호만이 있을 뿐 그 누구도 이 안에 없었다.

"이룰 수 없는 소망입니다, 폐하."

"하! 나를 폐하라고 불러주는 거냐."

"당신은 천자입니다. 천의가 그리 선택했으니 이견의 여지가 없지 않겠습니까?"

"누가 그러던가? 나에게 천의가 있다는 것을 그대에게 누가 말했지?"

"망국의 황제 이자성. 그리고 폐하를 도운 황밀교의 무리가 그러더군요."

장호와 황제의 시선이 정면으로 충돌했다.

"나는 너희들의 꼭두각시가 아니야. 천의라는 것에 조종되는 자가 아니란 말이다!"

그 역시 누르하치와 같이 고강한 힘을 지닌 무인이었다.

살기가 구름처럼 뻗어오고, 그의 용포가 바람도 없이 부풀어 올랐다.

"그러면 황제를 그만두시면 됩니다."

장호의 말에 황제의 얼굴이 일그러졌다.

"왜 황제가 되려고 한 겁니까? 누가 시킨 것은 아니고, 폐하 스스로 결정하신 것 아닙니까? 당신께 형제가 여럿이라는 것을 압니다. 당신 외에도 황좌에 가까운 이들도 몇 명 있었겠죠."

그것은 확실히 진실이었다.

"저에게 화풀이를 하려고 들지 마십시오, 폐하. 당신의 아버지를 제 손으로 해한 것은 역사의 흐름 중 하나였을 뿐입니다."

"크으으으."

"저와 당신은 협약을 맺었으니… 그대의 치세는 계속될 것입니다. 언젠가 다시금 천의가 바뀔 그날이 오기 전까지는……."

장호는 포권을 해 보였다.

그것은 황제에게 바치는 예의로서는 너무나도 부족한 것이었지만 둘 다 신경 쓰지 않았다.

"그럼. 옥체 보중하시기를."

장호는 태연하게 황제의 대전을 빠져나왔다.

누구도 그를 막아서지 못했다.

*   *   *

터덜터덜.

장호는 혼자서 걷고 있었다.

이미 의선문에는 돌아간다고 전서구를 보내둔 상태였다.

마음만 먹으면 삼 일 안으로 산서성의 의선문 본단에 도착할 수도 있지만, 장호는 느긋하게 걸음을 옮겼다.

겉으로 보면 장호의 모습은 젊은 무인처럼 보인다.

고급스럽지는 않지만 깨끗하고 찢어진 부위도 없는 검은 무복을 입고, 신발은 단단한 가죽으로 만든 신발을 장화를 신었다.

검과 같은 병장기가 없고, 등에 봇짐을 매지 않은 것은 분명 이상해 보이는 모습이었지만 장호에게 무어라 말할 만한 사람도 없었다.

왜냐하면 장호가 걷고 있는 길은 산길로, 주변에는 아무도 없었으니까.

사람 없는 산속의 길을 홀로 걸으면서 장호는 생각하고 있었다.

자신이 해왔던 일, 그리고 세상과 다른 이들에 대해서.

생각을 정리하고 싶어서 이렇게 걷고 있던 것이기도 했다.

은룡문은 존재하나 존재하지 않는다.

그들도 저 황밀교처럼 세상의 이면에서 자신들만의 목표를 위해서 움직이고 있다.

그들이 무엇을 원하고, 무엇을 하고 있는지는 알 수 없다.

하지만 강호인들의 삶, 그리고 이 국가의 삶과는 아무래도 차별화된 것일 것이다.

"사람을 구하라. 이 신념 하나 지키기가 참 어렵구나……."

장호는 결국 길게 한탄을 하고 말았다.

그가 할 수 있는 일은 이제 없다.

지금 하던 일이나 계속해서 이어나가는 것뿐.

더 나은 뭔가를 그는 할 수 없었다.

이게 내 한계인가.

장호는 피식 웃고 말았다.

"그래, 여기까지다. 여기까지가 내 한계다."

강호의 문파로서, 그리고 산서성의 정재계의 최고 권력자로서 민중들을 위한다.

그것이 장호가 할 수 있는 최대한의 한계.

—한계야?

"그래. 한계… 누구지?"

—흐응. 그래도 재미있었어.

무언가의 목소리가 그의 안에서 울려 퍼진다.

그것은 어린 소녀의 목소리였는데, 몹시도 친숙한 것이었다.

"너는 설마."

—그 설마라구? 사마밀환. 너희들이 나를 그렇게 부르고는 해.

빛의 형체가 장호의 앞에 나타났다.

그것은 빛나는 무언가로 이루어진 어린 소녀의 형상이었다.

—오랫동안 자고 있었거든. 아빠가 잠들라고 했었으니까. 이렇게 일어날 줄은 몰랐는데.

"아빠?"

─으응. 너희가 진환마제라고 부르는 사람. 울 아빠는 노동제일문의 전승자를 좋아하지 않았어. 그래서 나를 두어서 훼방을 놓고 싶어 했었어. 뭐, 이제는 다 지나간 일이지만.

빛의 형상이 장호의 주변을 한 바퀴 돈다.

─안녕, 장호. 이제 헤어질 시간이야. 네 안에서 제법 즐거웠지만, 만남이 있으면 헤어짐이 있잖아?

"그런가. 헤어질 시간인가."

무언가 새삼스럽다고 장호는 속으로 생각했다.

지금까지 있는지도 없는지도 몰랐던 존재였으니, 헤어진다고 해서 새삼 아쉬울 것도 없었다.

하지만 한 가지 감정은 있다.

"고마웠다."

장호는 고개를 숙여 보인다.

그런 장호의 모습에 빛의 입자로 이루어진 어린 소녀는 까르르 웃었다.

─역시. 너는 재미있다니까? 만약 경계를 넘게 된다면 다시 만나게 될 거야. 안녕.

빛의 소녀는 그렇게 물거품처럼 흩어지며 사라져 버렸다.

장호는 그제서야 고개를 들고 하늘을 보았다.

하늘이 맑다.

그리고 장호도 개운한 마음이 되었다.

"돌아갈까."

*   *   *

"너 말이야, 너무 오랫동안 나가 있는 거 아냐?"

여이빙은 뺨이 반쯤 눌린 채로 말했다.

그럼에도 불구하고 발음이 정확하다는 것에 대해서 장호
는 놀랍다고 생각했다.

장호는 자신의 우측에 매달린 여이빙에게 미안하다고 말
했다.

"미안하다니까."

그리고 고개를 돌린 반대쪽에는 나무에 매달린 매미 같은
왜소한 체구의 아름다운 소녀가 있었다.

그녀도 장호에게 연신 칭얼거린다.

"서방. 나빠."

"미안해."

좌우.

주화영과 여이빙이 장호에게 붙어서는 떨어지지를 않았
다.

장호가 너무 오랜 시간 동안 외유를 한 탓이다.

멀리서 유 총관과 임 총관은 허허 하면서 그 모습을 바라보고만 있었다.

"무사히 다녀오셔서 다행입니다, 문주님."

"문주님의 명대로 현재는 새롭게 건국된 청제국의 고관들에게 뇌물과 영약을 살포하는 중입니다."

"잘하셨습니다."

장호는 두 명의 여인을 일단 곁에서 떼어내면서 총관들에게 칭찬을 해주었다.

"쳇. 일 중독자 같으니라고. 가자."

"응."

여이빙은 혀를 차더니, 그대로 주화영을 데리고는 안으로 들어가 버렸다.

둘을 보면서 고개를 절레절레 흔든 장호는 총관들을 바라보며 입을 열었다.

"새 나라가 들어섰다고 해도, 우리의 역할과 행동은 달라지지 않을 겁니다. 어차피 혼란한 상황이니 산동과 하북도 손에 넣도록 하세요."

"이미 진행하고 있습니다. 팽가의 사업체도 거의 대다수는 저희가 집어삼켰고, 진주언가는 애초에 장의업 외에는 크게 이권을 가지고 있지 않습니다."

"좋아요. 그렇게 처리하도록 해주세요."

"황제는… 어떤 사람이었습니까?"

"글쎄요……."

장호는 쓰게 웃었다.

황제 홍타이지.

장호의 손에 의해서 아버지를 잃은 사람.

그럼에도 그는 장호와 손을 잡을 수밖에 없었다.

장호의 무력이 두려웠으니까.

황밀교는 이제 홍타이지에게서 손을 뗐다.

그들이 대체 무엇을 얻은 것인지는 모르나, 이제 와서는 장호가 그를 죽여도 그들에게는 상관이 없을 정도다.

하지만 그렇게 되면 결국 장호 스스로가 황제가 되어야 했기에 장호는 그를 인정했다.

게다가, 이렇게 되는 것이 바로 사람들의 의지라면 장호가 그것을 막을 권리도 의무도 없으니까.

"적어도 백성을 위해서 헌신하는 사람은 아니었습니다."

"으으음……."

"걱정 마세요. 그럼에도 그는 나라를 잘 운영할 겁니다. 야망이 많더군요."

홍타이지는 중원을 정복했지만, 그것만을 원하는 것이 아니었다.

그는 원제국의 잔당이라고 할 수 있는 몽골족도 지배하기를 원했으니까.

그들 자체가 애초에 초원의 민족이다.

또한 홍타이지는 과거 원제국의 위대한 초대 황제 징기스 칸이 직접 만들었다 전해지는 황제의 옥쇄까지 가지고 있었다.

과거 찬란했던 대제국을 다시 건설하는 것.

그것이 그가 원하는 것이었고, 전쟁을 위해서 병참을 든든하게 만드는 것은 기본적인 군략이다.

즉, 이 나라는 깨끗해질 것이다.

물론 황제가 원하지 않더라도 깨끗해질 것이다.

장호가 그렇게 할 것이니까.

"하북성과 산동성의 사파들을 모조리 정리하도록 하죠."

"그러시다면 차라리 남쪽에서부터 시작하시는 게 어떻습니까? 그쪽은 해적들로 난리라고 합니다만."

"지금 아래쪽은 비어 있나요?"

"예. 이자성 황제가 난을 일으킬 적에, 사파들은 대다수가 청소가 되었습니다."

"그렇다면 남쪽에도 사람을 파견하도록 하죠."

"예, 문주님."

* * *

강서, 복건, 절강, 광서, 광동.

중원 대륙의 남해 바다의 대다수를 차지하는 지역의 이름이다.

그리고 이 지역은 과거로부터 지금까지 대다수가 거대한 크기의 사파들에 의해서 지배당했었다.

물론 과거 사파칠세 중 2개가 장호의 손에 박살이 났었고, 남은 문파들조차도 내전과 정사전쟁에서 사라져 지금은 사파칠세 중 그 세력을 유지하고 있는 곳이 운남의 오독문 한 곳 뿐이었다.

때문에 강서, 복건, 절강, 광서, 광동의 다섯 지역은 현재 무주공산인 상황이나 마찬가지.

자잘한 사파들이 난립하고 있으나, 새롭게 들어선 청제국의 관병들은 사파들의 준동을 용납지 않았다.

그사이에 의선문은 빠르게 움직였다.

단일 세력으로는 이미 최대최강의 세력을 가진 의선문.

문도의 수가 무려 육만에 달하고, 고수가 즐비한 의선문에서 전력의 절반이 출발했다.

의선문 전력의 절반, 즉 삼만여 명의 문도들은 각기 육천여 명씩 나뉘어 강서, 복건, 절강, 광서, 광동의 다섯 지역에 들어섰다.

그리고 그곳에서 그들은 선문의방을 만들고, 표국을 세웠으며, 상단을 꾸렸다.

강호인들과 중원의 새로운 주인이 된 청제국의 사람들은 이들의 빠른 움직임에 경악을 금치 못하였다.

하지만 어떻게 막을 수 있는 것도 아니다.

황제와 의선문주의 밀약은 청제국의 신하들에게 공공연한 비밀이었기 때문이다.

어설픈 누명 따위는 통하지 않는다.

문제는 의선문이 특별한 잘못을 조금도 하지 않는다는 것.

뭔가 잘못을 한다면 그걸 빌미로 어떻게든 하겠지만, 조금의 잘못도 하지 않으니 청제국의 고위 관료들은 의선문의 행보를 어떻게도 할 수 없었다.

그뿐이 아니다.

홍타이지는 정식으로 장호에게 왕의 칭호를 하사했으며, 자신의 딸을 한 명 시집보내기까지 했다.

그만큼 장호의 권력은 거대해졌고, 무력과 재력 역시 손을 쓸 수 없는 지경에 이르러 있었다.

황제가 직접 나서서 반역죄로 몰아 공격하는 것이 아니라면, 장호의 세력을 손댈 수 있는 자가 없게 된 것이다.

그 결과 의선문의 본거지인 산서성에서는 의선문의 지배력이 철옹성처럼 단단해졌고, 불과 일 년이 지나기 전에 강서, 복건, 절강, 광서, 광동의 다섯 지역이 의선문의 수중에 떨어지고 말았다.

게다가 의선문의 관리하에 들어간 지역은 다른 지역보다 물가가 안정적이며, 치안이 좋아져 산적이나 수적은 근처에 오지도 못하였다.

그것은 청제국의 청소와 합쳐져서 무시할 수 없는 효과를 일으켰다.

명제국.

그리고 순제국을 이어오면서도 끈적이게 살아남아 있던 부패 관료들이 청제국이 들어서면서 모조리 쓸려 나갔던 것.

그것이 청제국의 청소였고, 청제국의 관료들은 절대다수가 깨끗하고 제대로 일을 하는 이들로 채워져 있었다.

이들 역시 시간이 지나면 부패하겠지만, 지금 이 순간은 상당히 좋았다.

청제국은 곳간을 열어 백성들에게 곡물을 내주었고, 여러 가지 선심성 정책을 내놨다.

그러면서도 청제국은 변발이라고 하는 그들의 문화를 중원인들에게 강요하기도 했다.

하지만 절대다수의 백성들은 순순히 청제국의 치세를 받아들이며 안정을 추구해 나갔다.

그렇게 시간이 흘러 오 년이 흘렀을 때.

의선문은 문도수 십오만에 달하는 거대한 문파가 되었고, 산서, 산동, 하북, 하남, 강서, 복건, 절강, 광서, 광동의 아홉 지역을 완전히 석권한 초거대 문파가 되어 있었다.

문도의 수는 십오만.

소속된 의원의 수는 무려 사만여 명에 달한다.

또한, 의선문이 소유한 토지에서 일하는 소작농들의 수는 무려 천만여 명에 달했다.

이미 거대한 제국이라고 칭해도 될 세력이 나오게 된 것이고, 이는 이제 황제 홍타이지조차도 그들을 어떻게 할 수 없게 되어버렸다.

하지만 장호는 딱히 권력을 탐하지도, 자신의 의지로 나라를 좌지우지하려고 들지도 않았다.

그저 정도를 따를 뿐.

그리고 또다시 시간이 흐른다.

제법 긴 시간이…….

＊　　　＊　　　＊

"허허. 십만방도라는 말도 옛말이 되었으니……."

이빨은 몇 개나 빠지고, 이마의 주름은 깊은 세월을 담고 있다.

파뿌리 같은 수염이 난 노인은 턱을 긁으며 허망한 듯 웃음 짓고 있었다.

머리는 산발하고, 옷은 누더기처럼 기워져 있다.

몸에는 땟국물이 자르르 흐르는 이 노인의 허리에는 매듭이 아홉 개가 달려 있었다.

대개방의 전대 방주였으나, 전란의 시기에 결국 다시금 방주 직위를 수행하고 있는 천하십대고수의 일좌를 차지한 구지신개였다.

삼존에 버금간다고 알려져 있는 그는 천하십대고수들 중에서도 상위의 실력자.

게다가 그를 뒷받침하는 개방이 있으니 강호에서 그를 무시할 수 있는 사람은 아무도 없었다.

그런 그가 허망하다는 듯이 웃고 있는 까닭은 다른 것이 아니었다.

최근의 정세 때문이다.

개방, 무당파, 황보세가, 하북팽가가 주축으로 만들었던 정의맹은 하남, 하북, 산동의 세 개의 지역을 거점으로 한 강력한 연맹이었다.

다수의 중소문파들이 가입했기에, 본래라면 가장 강성한 세력을 가진 무림 세력이 되어야 했다.

사파칠세는 지리멸렬한 상태였고, 정의맹 외에 세워진 다른 연맹 세력들은 그리 대단한 결속을 가지지 못했으니까.

사천맹 같은 경우 애초에 사천과 운남의 두 지역에 대해서 영향력을 가질 뿐인 데다가, 운남의 지배자라 할 수 있는 오독문의 경우에는 의선문의 하위 조직이나 마찬가지.

즉, 사천맹의 영역 자체가 사천성과 운남성의 일부일 뿐이니 세력을 성장하기가 쉽지 않았다.

"그래서… 천지회는 어떻게 하겠다고 하던가?"

천지회.

반청복명을 주장하는 무리들.

그들은 제법 강력한 세력이긴 하지만 대세에 영향을 줄 정도는 아니었다.

이미 청제국이 들어선 지 십 년째.

천하는 과거 명제국 시절보다 더욱 안정되어 있어서 유리 걸식하는 사람들의 수가 크게 줄어들어 있었다.

최소한 굶어 죽지는 않는다.

거기에 치안도 과거에 비하여 어마어마하게 좋아져서 과거 사파의 한 축을 이루던 장강수로채나 녹림십팔채 같은 곳들은 아예 자취를 감춘 상태다.

그뿐이 아니다.

사파칠세 중에서 남은 곳은 오로지 오독문 하나뿐.

오독문도 지금에 와서는 정사중간의 문파로 노선을 바꾼

지가 오래되었다.

사파나 마도의 무리는 완전히 사라지고, 정파인들로 가득한 세상이 된 것이다.

하지만, 그렇다고 해서 결코 상황이 낙관적인 게 아니었다.

대다수의 정파들은 사파나 흑도, 마도의 무리들의 위협이 거의 없어지자 사업적인 수완이 뒤떨어져 도산하기 시작한 탓이다.

무리한 사업 확장은 적자를 보았고, 그대로 그들의 문파는 빚더미에 올라앉아 망하고 말았다.

무력으로 불법적인 방법을 써서 그 상황을 타개하려고 해도, 청제국의 관병들과 다른 정파인들의 시선에 걸려들면 그대로 멸문을 당해도 할 말이 없어진다.

토지를 기반으로 하여, 안정적인 자금줄을 가진 문파들은 살아남았지만 좀 더 큰 부를 원하고 여러 사업에 뛰어든 문파들 중 칠 할이 전부 무너져 버렸다.

나머지 삼 할은 그들의 사업에서는 알아주는 명문가였기에 살아남은 것뿐.

"의선문의 일에서 손을 떼지 않겠다고 합니다."

"허허허. 천지회주가 그리 말했더냐?"

"예."

"미련한지고… 개방은 이 일에서 손을 뗄 것이라고 전하

거라."

"예, 방주님."

구지신개의 말에, 검은 옷을 입은 개방의 무인은 가볍게 읍을 하고서 사라졌다.

"천하가 이미 그의 손에 있는 것을… 쯧쯧."

그는 혀를 차며 지도를 내려다보았다.

정의맹은 이미 쇠퇴한 지 오래다.

정의맹의 영역 전체에 걸쳐서 의선문의 상권이 잠식해 들어왔으니까.

여러 가지 이권을 빼앗겼다.

무력으로 빼앗은 것도 아니다.

저쪽이 정의맹에 속한 이들보다 사업 수완에서 월등했을 뿐이다.

정의맹에 속한 문파들은 결국 토호가 될 수밖에 없었다.

상권에 얽힌 것으로는 상대하기가 어려웠으니까.

무력은 웃기게도 재력에서 나온다.

이런 상황이다 보니 정의맹의 무력이 약화될 수밖에 없었다.

어디 정의맹뿐이랴.

다른 집단들도 다 마찬가지다.

"천하 제패를 이런 식으로 하는 자가 나타날 줄이야."

구지신개는 한숨을 내쉬면서 자리에서 일어섰다.

개방의 총타는 대대로 경사에 있었다.

경사란 국가의 수도를 뜻하여서, 지금은 남경이라고 부르는 곳에 자리했었던 적도 있었고 그 전에는 다른 지역에 있기도 했다.

그는 북경에 있는 저택 중 하나에서 몸을 일으켜 채비를 했다.

복장이야 달라진 것은 없지만, 그의 허리에는 방주의 신물인 타구봉이 매달려 있었고, 개방의 고수들이 그를 따랐다.

현재 정의맹주는 구지신개 바로 그다.

세력은 과거에 비하면 줄어들었지만, 어쩔 수 없다.

그래도 현재 의선문을 제외하면 가장 큰 세력인 상태다.

그는 오늘 특별한 약속이 있었다.

바로 의선문주와의 만남이다.

그를 위해서 타구봉을 단단히 묶은 그는 개방의 고수들과 함께 거처를 나섰다.

얼마 정도 이동한 그는 북경의 외곽에 위치한 그리 크지 않은 저택에 들어섰다.

다른 고관대작의 저택들에 비하면 몇 배 이상 작은 저택.

하지만 그 누구도 이 저택을 무시하지 못한다.

저택의 주인이 바로 의무왕이라는 봉호를 내려받은 의선

문주 장호의 저택이니까.

왕작이라는 것은 아무에게나 내리는 것이 아님을 감안하면, 의선문주의 권세가 얼마만큼 대단한지를 알 수가 있으리라.

"어서 오십시오. 문주님께서 방주님을 기다리고 계십니다."

대문이 열리고, 한 명의 미색이 고운 문사가 나타나 구지신개를 맞이했다.

여성이 남장을 한 것처럼 보이는 그는 혈서생이라 불리었던 임진연이라는 자다.

의선문의 실세 중 하나로 의선문주의 왼팔로 불리고 있다.

"자네가 임진연이로군? 자네 이야기는 많이 들었지."

"필부에 불과한 소생을 알아주시니 감사드립니다."

"자네가 필부라고? 그럴 리가. 의선문을 여기까지 이끌어 온 공로가 지대하다고 하던데……."

"본 문의 문주님께서 뛰어나시기 때문이지요. 들어가시죠. 문주님께서 기다리고 계십니다."

임진연의 안내에 구지신개는 안으로 걸음을 옮겼다.

개방의 고수들은 중간에 걸음을 멈추었고, 결국 구지신개 홀로 안으로 들어설 수밖에 없었다.

안으로 들어서자, 다실이 모습을 드러낸다.

그 다실의 한쪽에는 젊은 청년이 한 명 앉아 있었다.

그렇게 잘생겼다고 보기에는 어려운, 평범해 보이는 청년.

그가 자리에서 일어서며 포권을 해 보이며 고개를 숙였다.

"오랜만에 뵙습니다, 방주님. 말씀 편하게 하시지요. 제가 후배인데 높임말을 들어서야 천하의 사람들이 저보고 예를 모른다고 손가락질할 겁니다."

"오랜만이라? 우리가 만난 적이 있었던가?"

"예. 오래전 산서성에서 도움을 받았었습니다."

"잠깐 산서라면… 그래. 그때로군?"

"기억하시는군요."

"이 늙은 거지는 빌어먹고 다니려고 어지간한 것은 거의 기억을 한다네. 그래, 그랬군. 정말 오랜만이야."

구지신개의 말에 장호는 자리를 권했다.

"우선 앉으시지요."

장호는 옆의 다기를 가지고 직접 차를 우려냈다.

은은한 향기에 구지신개는 절로 감탄을 하고 만다.

"이 늙은 거지가 천하에 안 먹어본 요리가 없는데, 이 차향 처음 맡아보는군."

"본 문에서만 마시는 약차입니다. 제가 직접 만들기 때문에, 마실 수 있는 이는 거의 없지요."

"자네가?"

"예. 선천의선강기를 통해서 일정 이상의 경지에 올라야지만 만들 수 있습니다."

"귀한 차로군."

"한번 드셔보시지요."

장호의 말대로 구지신개는 천천히 향기를 음미했다.

폐부로 스며드는 영험한 기운은 이것이 평범한 차가 아님을 알려주었다.

한 모금을 마시자, 정신이 맑아지고 몸에 활력이 들어찼다.

"허허, 대단하군. 이 정도면 영약이라고 해도 과언이 아닌데?"

"내공의 증진에는 효과가 없습니다. 다만 선천진기를 북돋아주고, 병마를 씻어내며, 몸 안을 바로잡는 데 도움을 주지요."

"거기에 맛도 대단해."

"과찬이십니다."

장호가 부드럽게 웃자, 구지신개는 차를 한 모금 더 마시고는 본론을 꺼내 들었다.

"자네를 만나자고 한 이유는 별게 아닐세."

"어떤 이유에서이십니까?"

"거지가 구걸하러 온 거지."

큼, 하고 코를 씰룩이며 구지신개는 말을 이었다.

"내 최근에 아는 학자에게 이야기를 들은 적이 있지. 규모에 차이가 나면, 애초에 정상적인 방법으로는 상대가 안 된다더군."

"맞는 말씀입니다. 어른과 어린아이가 싸운다면, 어린아이가 칼을 들고 있어도 힘들겠지요."

"자네의 의선문은 너무 거대해. 그런 자네와 정상적인 경쟁을 한다는 건 어른과 어린아이가 맨손으로 싸우는 거와 같다는 것을 이해하겠나?"

"예, 이해합니다."

"그러니 상권의 철수를 부탁하고 싶네."

탁.

"그것은 개방의 뜻입니까, 아니면 정의맹의 뜻입니까?"

장호가 찻잔을 내려놓으며 물었다.

"정의맹의 뜻이지. 본 방은 사실 어느 쪽이든 그리 큰 문제가 없으니."

의(義)를 따른다.

단지 하나의 방규만이 개방의 전부였다.

의란 무엇인가?

의를 따른다는 것은 대체 무엇인가?

난해하기까지 한 이 방규를 개방은 무려 이천여 년이 넘게 지켜온 것이다.

개방의 역사는 길도고 길어서, 이천여 년 전의 시대까지 거슬러 올라가야 할 정도니까.

의라는 것에는 사람의 가슴을 뜨겁게 하는 무언가가 있다.

부귀공명을 버리고, 거지로서 살아감에도 의 하나만을 따르는 개방도들은 어찌 보면 진정한 협사들이라고 할 수 있었다.

때문에 개방의 세력은 과거나 지금이나 그리 크게 다르지 않다.

중원의 문화와 법도에서 스승과 제자는 부모 자식과 같다.

때문에 한번 개방의 방도는 불의한 자가 아니라면 영원히 개방도이다.

설사 거지를 그만두고, 직업을 얻거나 하여도 그러하다.

개방이 천하 최고의 정보력을 가진 것은 그러한 까닭이었다.

개방도인 목수.

개방도인 대장장이.

개방도인 점소이.

개방도의 자식은 역시 개방도가 된다.

그러다 보니 개방도는 이천 년의 기나긴 세월간 이어져 온 것이다.

중원에서 가장 역사가 깊다고 알려진 곤륜파에 버금갈 정도다.

"산동, 하북, 하남 세 개의 성에서 저희 의선문이 의방을 제외한 다른 부분에서 전부 손을 뗀다고 해서 과연 정의맹의 사람들이 이권을 차지할 수 있겠습니까?"

장호의 질문은 무력을 통한 불법적인 방법을 제외하고서 상권을 되찾을 수 있는 능력이 있느냐는 질문이었다.

"그 정도 저력은 있네."

"좋습니다. 하지만 본 문에서 만약 불의한 일을 발견한다면 개입하도록 하겠습니다."

"본 방에 그 정도 여력은 있네."

"믿겠습니다, 어르신."

"허허. 나를 어르신이라 부르는 것은 자네 하나뿐일 거야."

"뭐 어떻습니까. 저 같은 녀석도 하나 정도는 있어도 좋겠지요."

장호가 빙긋 웃으며 하는 말에 구지신개는 너털웃음을 짓고 말았다.

"그래. 앞으로 어떻게 될 것 같은가?"

"무엇이 말입니까?"

"이 중원이 어떻게 될 것 같으냐 이 말일세."

"지금까지와는 다르겠지만, 결국 중원은 중원입니다. 모든 것이 결국 하나로 녹아들어 섞이겠죠."

"그런가……."

"원제국이 물러간 지 오래라고 하지만, 원제국이 남긴 발자취는 아주 큽니다. 원제국 이전 시대의 문화도 뒤틀리고 변질된 지 오래지요. 이제 청이 들어섰으니, 이 역시 그렇게 변화할 겁니다."

"그런가……."

"어차피 모든 것은 변하게 마련입니다. 어르신은 잘 모르시겠지만… 저 먼 서역에서는 이미 많은 것이 바뀌었다고 하더군요."

"무엇이 바뀌었다던가?"

구지신개의 눈에 호기심이 어렸다.

"새로운 무기, 새로운 군대, 새로운 질서. 여러 가지가 난립하고 있습니다. 그에 비해서 중원은 너무 느긋하죠."

"그 말은 이 중원이 뒤처지고 있다는 말인가?"

"그렇습니다. 그게 흐름이기는 합니다만……."

장호는 그리 말하고서는 피식 웃었다.

"그러고 보니 어르신, 현경의 경지에 오르시지는 못하셨군요?"

"그걸 어찌 아누?"

"제가 그 경지에 이르렀으니까요."

장호의 말에 구지신개의 눈이 크게 뜨였다.

"정말인가?"

"예. 사실… 이 경지에 이르기 전에도 황밀교의 사대호법과 싸워서 이겼었습니다."

"그게 어떻게 가능하지?"

"본 문의 신공절학이 대단하기 때문이지요."

"생육선의 경지가 진정 있었단 말인가!"

"역시. 알고 계셨군요."

장호는 찻잔을 내려놓고 잠시 시선을 저 멀리 하늘로 향했다.

"개방의 정보력이 천하제일이니, 그 정도는 아시리라고 믿었습니다. 예, 생육선의 경지는 존재합니다. 전설에 나오는 불사신공을 능가하지요. 그 덕분에 황밀교의 사대호법 중 투선이라는 자와 싸워 이겼었습니다."

"으음……."

"그들이 말하기를 현경에 이르면 세계의 흐름이 보인다 하더군요. 그리고, 명제국의 멸국은 필연. 청제국의 건국도 필연이었습니다. 아무도 막을 수 없는… 그래서 천하삼존께서 나서지 않으신 거겠죠."

천하삼존.

천하십대고수의 가장 수좌를 차지하는 자들.

그러나, 이 전란과 환란 속에서도 그들은 나타나지 않았다.

혹자는 그들이 죽은 것이 아니냐 말할 정도였는데, 장호는 이제 안다.

그들은 살아 있음을.

현경에 이르자 사대호법이 이야기했던 흐름을 그도 느낄 수 있었다.

보지 못했던 것을 보았고, 숨겨져 있던 진실을 알았다.

천하에 현경에 이른 이가 제법 많다는 사실도 알았으며, 그들은 그저 은인자중하며 지낸다는 것도 알게 되었다.

도리어 황밀교의 사대호법의 행사와 이자성의 행동이 현경에 이른 이들 입장에서는 기괴한 것이었다.

이제는 장호도 안다.

현경에 이른 존재는 너무나도 강대한 존재다.

같은 현경에 이른 이가 아니라면 일반인은 수백만 명이 몰려온다 한들 상대가 되지 않았다.

그러나 그런 현경에 이른 자들은 세상 그 자체에 제재를 받았다.

어떤 보이지 않는 그물이 쳐져 있고, 그것은 너무 강한 자를 강하게 속박하고 구속하며 제재하고 있다.

그리고 이 그물을 만든 이가 누구인지는 충분히 예상이 가능했다.

사대호법, 그리고 황밀교주가 말한 바로 그자일 것이다.

노동제일문의 전승자인 단삼이라는 자.

그가 만든 것일 터.

이 그물에 반항하려고 든다면, 현경에 이른 자라고 해도 죽어버리고 만다.

그만큼 강대한 구속이다.

하지만 장호는 약간 애매한 경우였다.

사마밀환이라는 기물의 힘으로 이 구속에서 자유롭기 때문이다.

지금은 비록 사마밀환이 떠나가 버렸으나, 그럼에도 여전히 그는 자유로웠다.

하지만.

그렇다고 해서 날뛸 수는 없다.

세계가 어떻게 변해 버릴지 장호 스스로도 알 수 없으니까.

아는 것만큼 보인다고 할까.

이제는 장호의 시선이 세계 전체를 향하기 때문에, 그 미지의 시간에서 무슨 일이 일어날지 염려되어 움직이지 못하게 되어버렸다.

때문에 장호는 현재의 상황을 유지하려고 했다.

지금 상태를 유지하는 것만으로도 중원은 빠르게 안정을 찾아가고 더 살기 좋은 곳으로 바뀌고 있으니까.

그게 스승님의 유지를 위한 길이니까.

"그럼 우선은 산동, 하북, 하남에서 손을 떼도록 하겠습니다. 그러나 요녕, 길림 쪽은 뗄 수가 없습니다."

"그것만으로도 고맙네. 소림사와 무당파 쪽은 어쩔 셈인가?"

"요청이 없다면 이대로 할 생각입니다. 사천맹도 마찬가지구요."

"적당히 하게……."

"하하하. 알겠습니다."

그 이후 장호는 구지신개와 덕담을 나누었다.

구지신개는 그래도 정의맹주로서 무사히 교섭을 마친 것으로 만족했다.

일방적인 양보를 받아낼 수 있으리라고 생각하지 않았었기에, 그는 그나마 다행이라고 생각했다.

第十一章

시간의 흐름

사람은 변하지 않는다.

현자 모르오

"어째서 아이를 가지지 못하는 거야? 응?"

"에… 그건 내가 너무 강하기 때문에 생기는 일이라고 할까."

"니 정액은 무슨 현경 정액이니?"

"현경보다는 선천의선강기 때문이라고."

아름다운 여인이 볼을 빵빵하게 불린 채로 평범하게 생긴 청년을 끌어안고 있다.

옷 하나 입지 않은 나신의 그녀는 뇌쇄적인 매력을 발산하고 있고, 청년 역시 실오라기 한 올 없는 나신이니 둘이 어떤 사이인지는 따로 말할 필요는 없을 것이다.

"아. 짜증 나. 나도 그거 배울까."

"네가 현경이면 가능할 거야. 임신."

"무리라고. 현경의 코빼기도 안 보이는걸. 너도 어떻게 도달한 건지 모르겠다고 했잖아."

붉은 입술을 삐죽이며, 그녀는 딴죽을 건다.

그녀의 말이 맞다.

장호는 어느샌가 현경이 되어 있었다.

지금까지와 다르게 어느 날 갑자기, 보이지 않던 것을 보게 되고, 정신의 무한히 확장되는 느낌을 얻었다.

너무나도 뜬금없었지만, 왜 그렇게 된 것인지는 알았다.

생육선의 경지가 다음 경지로 나아간 것이다.

생육선 초입이 아닌, 이제는 생육선 중급.

이 위에도 무언가가 더 있음을 본능이 가르쳐 주고 있었다.

정신은 육체를 따른다고 한다.

반대로 육체는 정신을 따르기도 한다.

생육선이라는 것은 육체가 정신을 선도하는 것.

때문에 장호는 이렇게 되었다.

완성된 육체.

때문에 장호의 씨를 받기 위해서는 배우자도 그만한 경지여야만 했다.

이는 다른 이들과는 다른, 장호만의 차별화된 상황이었다.

아마도 용인지체가 되었다는 것과 관련이 있으리라.

"어쩔 수 없잖아. 나도 모르게 강해져 버리는걸."

"그거 안 강해질 수 없는 거니?"

"무리야. 이미 완성되어 버려서. 이대로면 계속 스스로 강해져 버린다구."

선천의선강기는 진정한 신공이었다.

지금도 장호의 육신은 내버려 둬도 진화하고 있는 중이니까.

이대로 시간이 흐르면 생육선의 경지는 다음 단계로 나아가리라.

그 시간이 얼마나 될지는 알 수 없지만.

그래도 아주 조금씩 강해지고 있음은 확실했다.

장호는 손을 뻗는다.

말랑하고 말캉한 감촉이 손안 가득 들어왔다.

"너도 선천의선강기를 배우든가."

"하아. 그래야 하려나. 시간이 오래 걸릴 텐데."

"얼마든지 기다릴 수 있어. 시간은 길잖아."

"주화영에게 선천의선강기를 가르친 것도 그래서야?"

"그럼."

장호의 본처는 사실 주화영.

그녀는 마지막 명제국의 황족이지만, 그 사실을 아는 이는 거의 존재하지 않았다.

"지금 상황이면 적어도 이백 년은 넘게 살걸. 확실해."

"너를 보면 아예 안 죽을 거 같은데."

"생육선이 사실 반은 신선이니까. 신선 하면 불로불사 아니겠어?"

"하아, 모르겠다."

벌렁.

그녀는 그대로 누웠다.

"그래서, 만족했어? 지금까지 많은 걸 했는데."

"어. 만족했어. 스승님의 유언도 잘 지켰으니까."

"그래. 그러면 다른 데로 놀러 갈까? 좀 더 큰물이 넘치는 곳으로."

"응? 갑자기 큰물은 무슨 소리……."

장호가 옆을 돌아보았을 때.

그곳에는 검은 어둠의 형상이 있었다.

"헤헤. 아직은 너랑 있는 게 재미있을 것 같아서. 하지만 여기서의 일은 끝난 거 같길래 심심하단 말이지. 걱정 마. 두 아내랑 같이 갈 거니까. 나까지 세 명이려나?"

"사마밀환! 너… 윽!?"

검은 어둠이 순식간에 주변을 뒤덮었다.

그리고 어둠이 사라진 자리에는 아무것도 남지 않았다.

청제국이 건국된 지 오십 년이 지난 어느 날.

의선문주 장호가 의선문주의 직위를 제자 이연에게 넘겨주고 칩거한 지 이십 년이 되던 해였다.

『의원귀환』完

작가 후기

완결권을 너무 오래 기다리셨을 독자님들께 우선 사죄의
말씀을 드리고 싶습니다.

사실 너무 늦었지요?

죄송합니다.

제 불찰이 큽니다.

그래도 독자님들께 사죄를 하고자, 제가 이렇게 늦은 이유
에 대해서 조금은 설명을 해드려야 독자님들께서 속이 시원
하실 거라는 생각이 들어서 후기에서 한번 말씀을 드리려고
합니다.

작년 9월경.

제 건강이 급격히 안 좋아져서 간경화 판정을 받았어요.

피를 조금 토하기도 했었구요.

그러다 보니 집필을 하기가 어려워졌습니다.

아실 분은 아실지 모르겠습니다만, 의원귀환 외에도 진행하던 소설들, 그리고 웹툰에도 난항이 많았습니다.

여하튼 어느 정도 치료를 하고 건강도 좀 좋아지면서 작업을 하나 싶었는데… 이번에는 제가 고소를 당하고 말았습니다.

백 모 작가가 저를 부정경쟁방지법위반으로 고소를 했었거든요.

결국 저는 무혐의 판결이 나긴 했습니다만, 그 건에 대해서 법적 공방을 좀 벌이다 보니 건강이 도로 안 좋아져 버리는 사태가 생기고 말았습니다.

혹여 더 자세하게 알고 싶으시다면, 제 블로그 http://blog.naver.com/ssytop123에서 한번 봐주시면 감사하겠습니다.

이러한 이유들 때문에, 결과론적으로는 이제야 겨우 10권 완결을 하고 말았습니다.

본래 쓰려던 내용도 축소되었고… 사실 마무리 내용이 조금은 미진하다고 저도 생각합니다.

사실 8권까지는 저 스스로가 보았을 적에 이야기를 재미있게 잘 끌어왔습니다만, 그 이후 여러 가지 사건에 제가 휘말려서 글의 마무리가 어설펐습니다.

그래도 현재 제 상황에서 최선을 다해서 글을 썼고, 적어도 재미가 없다는 소리가 나오지 않도록 사력을 다했습니다.

이 점은 믿어주시면 감사하겠습니다.

어느덧 저도 글을 쓴 지가 13년이 되었습니다.

2003년 그랜드 위저드로 데뷔한 이후로, 지금까지 많은 글을 썼습니다.

문득 뒤돌아보면, 아직도 부족한 저를 느끼고 있습니다.

앞으로도 더욱 노력하고, 독자분들께 즐거움을 드릴 수 있도록 정진하도록 하겠습니다.

그럼.

여기까지 읽어주셔서 감사합니다.

─고렘 성상영 배상

박선우 장편소설
FUSION FANTASTIC STORY

멋진
Wonderful
Life
인생

태어나며 손에 쥔 것이라고는 가난뿐.

그러나 내게는 온몸을 불사를 열정과
목숨처럼 소중한 사랑이 있었다.

『멋진 인생』

모두가 우러러보는 최고의 직장이자 가장 치열한 전쟁터,
천하그룹!

승진에 삶을 바친 야수들의 세계에서 우뚝 서게 되는
박강호의 치열하지만 낭만적인 이야기!

강준현 장편소설
FUSION FANTASTIC STORY
인생을 바꿔라
『복수의 길』, 『개척자』 강준현 작가의
2016년 신작!
자신이 무엇인지 알지 못하는 정신체, 염.
세상을 떠돌며 사람의 몸속으로 들어가
에너지를 얻고 나오길 반복하던 어느 날.
사고로 인한 하반신 마비, 애인의 이별 선언,
삶에 지쳐 자살하려는 김철의 몸에 들어가게 되는데……
"뭐, 뭐야! 아직도 못 벗어났단 말이야?"
새로운 삶을 살리라,
정처 없이 떠돌던 그의 인생 개척이 시작된다!
"어떤 삶인지 궁금하다고? 그럼 한번 따라와 봐."
Book Publishing CHUNGEORAM
유행이 아닌 자유추구 -
WWW.chungeoram.com

궁극의 쉐프

Ultimate chef

가프 장편소설

FUSION FANTASTIC STORY

태초의 우물에서 찾은 사막의 기적.
사람의 식성과 식욕을 색으로 읽어내는 능력은
요리의 차원을 한 단계 드높인다.

『궁극의 쉐프』

요리란!
접시 위에 자신의 모든 것을 담아내는 것.

쉐프란!
그 요리에 자신의 가치를 증명하는 사람.

"요리 하나로 사람의 운명도 좌우할 수 있습니다."

혀를 위한 요리가 아닌, 마음을 돌보는 요리를 꿈꾸는
궁극의 쉐프 손장태의 여정이 시작된다!

Book Publishing CHUNGEORAM